CATALOGUE

DE

LIVRES ANCIENS

RARES ET CURIEUX

ÉDITIONS GOTHIQUES FRANÇAISES.
OUVRAGES A GRAVURES. — CUIVRES ET BOIS GRAVÉS.
CURIEUSES COLLECTIONS D'EX-LIBRIS,
DE LETTRES ORNÉES, DE MARQUES D'IMPRIMEURS,
DE FRONTISPICES, ETC.,
DE PORTRAITS, D'AUTOGRAPHES, ETC.
LIVRES EN NOMBRE, ET EN LOTS

Dépendant de la Succession de Feu M. Baillieu.
Ancien Libraire

DONT LA VENTE AUX ENCHÈRES PUBLIQUES

Aura lieu les VENDREDI 28 et SAMEDI 29 OCTOBRE 1887
à sept heures et demie du soir,

RUE DES BONS-ENFANTS, 28, (MAISON SILVESTRE)
(Salle N° 1, au Premier)

Par le Ministère de Mᵉ Maurice DELESTRE, Commissaire-Priseur,
27, rue Drouot, 27.

PARIS
A. CLAUDIN, LIBRAIRE-EXPERT ET PALÉOGRAPHE
3, Rue Guénégaud, (près le Pont-Neuf).

M.D.CCC.LXXXVII

On remarque dans cette collection les articles suivants :

BALZAC, 20 vol. BIBLIOTHÈQUE GOTHIQUE, 8 vol. Exemplaire unique sur PEAU DE VÉLIN. — BRUNET, Manuel du Libraire, dernière édition. — CONTRATS DE MARIAGES D'HENRI IV et de LOUIS XIII. Manuscrit dans une jolie reliure du temps aux armes royales. — CORNEILLE (P. et Th.). Théâtre, Elzévir. 1664-78. 10 vol. rel. en mar. r., par Chambolle-Duru. — CONTES DE LA FONTAINE, édition des Fermiers généraux. 2 vol. in-8, mar. rouge. — LOTTIN, Catalogue chronolog. des imprimeurs de Paris. — MOLIÈRE. Edition elzévir. 5 vol. — PORTRAITS DES HOMMES ILLUSTRES, par Léonard Gaultier, suite de la *Chronologie collée*. — RÈGLEMENT DE CHARLES LE BELLIQUEUX, manuscrit du XVe siècle. — MÉDAILLIER DE BENOIT XIV, reliure du XVIIIe siècle. — SOCIÉTÉ DES ANCIENS TEXTES, collection complète. — CHODOWIECKY. Vignettes diverses. — ŒUVRE DE VAN OSTADE. — DANSE MACABRE, édition de Troyes, collection des bois originaux. — GRAVURES DE DON QUICHOTTE, par Folkema, cuivres originaux. — TARSIS ET ZÉLIE, cuivres originaux des illustrations d'Eisen, Cochin et autres. — DESCAMPS. Portraits des peintres flamands. 190 cuivres originaux. — PRUDHON. La leçon de botanique, CUIVRE ORIGINAL INÉDIT. — Etc., etc.

SOUS PRESSE :

PLUSIEURS CATALOGUES

DE

BIBLIOTHÈQUES D'AMATEURS

dont les Ventes auront lieu

EN NOVEMBRE ET DÉCEMBRE

avant la fin de l'année.

DOLE. — TYP. CH. BLIND.

CATALOGUE

DE

LIVRES ANCIENS

RARES ET CURIEUX

On remarque dans cette collection les articles suivants :

Balzac, 20 vol. — Bibliothèque gothique, 8 vol. Exemplaire unique sur peau de vélin. — Brunet, Manuel du Libraire, dern. édition. — Contrats de mariages d'Henri iv et de Louis xiii. Manuscrit dans une jolie reliure du temps aux armes royales. — Corneille (P. et Th.). Théâtre, Elzévir, 1664-78. 10 vol. rel. en mar. r., par Chambolle-Duru. — Contes de La Fontaine, édition des Fermiers généraux, 2 vol. in-8, mar. rouge. — Lottin, Catalogue chronolog. des imprimeurs de Paris. — Molière. Edition elzévir. 5 vol. — Portraits des hommes illustres, par Léonard Gaultier, suite de la *Chronologie collée.* — Règlement de Charles le Belliqueux, manuscrit du xve siècle. — Médaillier de Benoît xiv, reliure du xviiie siècle. — Société des anciens textes, collection complète. — Chodowiecky. Vignettes diverses. — Œuvre de Van Ostade. — Danse Macabre, édition de Troyes, collection des bois originaux. — Gravures de Don Quichotte, par Folkema, cuivres originaux. — Tarsis et Zélie, cuivres originaux des illustrations d'Eisen, Cochin et autres. — Descamps. Portraits des peintres flamands, 190 cuivres originaux. — Prudhon. La leçon de botanique, cuivre original inédit. Etc., etc.

CATALOGUE

DE

LIVRES ANCIENS

RARES ET CURIEUX

ÉDITIONS GOTHIQUES FRANÇAISES.
OUVRAGES A GRAVURES. — CUIVRES ET BOIS GRAVÉS.
CURIEUSES COLLECTIONS D'EX-LIBRIS,
DE LETTRES ORNÉES, DE MARQUES D'IMPRIMEURS,
DE FRONTISPICES, ETC.,
DE PORTRAITS, D'AUTOGRAPHES, ETC.
LIVRES EN NOMBRE, ET EN LOTS

Dépendant de la Succession de Feu M. B***

Ancien Libraire

DONT LA VENTE AUX ENCHÈRES PUBLIQUES

Aura lieu les VENDREDI 28 et SAMEDI 29 OCTOBRE 1887
à sept heures et demie du soir,

RUE DES BONS-ENFANTS, 28, (MAISON SILVESTRE)

(*Salle N° 1, au Premier*)

Par le Ministère de Mᵉ Maurice DELESTRE, Commissaire-Priseur,
27, rue Drouot, 27.

PARIS
A. CLAUDIN, LIBRAIRE-EXPERT ET PALÉOGRAPHE
3, Rue Guénégaud, (près le Pont-Neuf).

M.D.CCC.LXXXVII

CATALOGUE

DES

LIVRES ANCIENS

RARES ET CURIEUX

DE LA COLLECTION DE FEU M. B***

1. — ACTES DES APOTRES (Le premier volume des catholiques Œuvres et), joué par personnages à Paris en l'hostel de Flandres l'an mil cinq cens XL. *Paris, Arn. et Ch. les Angeliers* (1542), in-fol., gothique, vél. bl.

Tome Ier. — Le titre est refait en fac-simile exact et il y manque le cahier a, 6 ff. du texte du mystère.

2. — AFFAIRE D'ORGÈRES (Discours et résumé dans l'), instruite par devant le tribunal criminel d'Eure-et-Loir séant à Chartres, par le citoyen G. Lieudon. *Chartres, an IX*, 1 vol. — Pièces de la procédure criminelle tenue contre les accusés dans l'affaire (de la bande des brigands) d'Orgères, 2e division (interrogatoires, accusés contumax, accusés décédés, etc.), 7 sections. *Chartres, an VIII*, 3 vol. — Ens. 4 vol. pet. in-fol., dem.-rel.

3. — ALAIN CHARTIER. Faictz et dictz, contenant en soy quatorze livres, avec la généalogie des Roys de France, le breviere des nobles, le réveille-matin et autres choses joyeuses. *Paris, Mich. Le Noir*, 1514, pet. in-4, goth., v. m., fil.

Piqûre dans le milieu du volume. — Manque l'avant-dernier feuillet.

4. — ALAIN CHARTIER. Les Cronicques du feu roy Charles septiesme de ce nom que Dieu absolve contenans les faitz et gestes dudit Seigneur, lequel treuua le royaulme en grant desolation. — L'advenement de la Pucelle, faitz et gestes d'icelle et autres choses singulieres advenues de son temps. *Paris, Jeh. Longis*, 1528, pet. in-fol., goth., vél. bl.

Titre remonté. — Déchirure au feuillet VII, emportant partie du texte.

5. — ALDES (Editions des). 3 vol. pet. in-8, couv. en pap.

Euripidis tragœdiæ (græcè). *Venetiis, Aldus*, 1501. *(Tome I)*. — Auli Gellii Noctes Atticæ. (*Circa* 1515), pet. in-8, couv. en pap. (*Manque la fin de la table*). — Juvenalis, Persius. *Venetiis, Junta*, 1513, pet. in-8, couv. en pap.

6. — AMOUR DE CUPIDO (L') et de Psiché, mère de Volupté, prise des 5 et 6e livres de la métamorphose de Lucius Apuleius, philosophe, historiée (par Léonard Gaultier) et exposée en vers franç. (par Jan Mangin, dit le Petit Angevin). (*Paris*, 1586), in-8, couv. en pap.

Suite de planches gravées en taille-douce et signées du monogramme de L. Gaultier. Ces planches sont enluminées du temps, mais sans marges et contrecollées sur papier fort. — Il faut 32 pièces, nous n'en avons que 20. — Manquent les planches numérotées 2, 4, 5, 6, 7, 8, 9, 11, 20, 22, 28, 30 et 31.

7. — AMULET (The), edited by S. C. Hall. *London*, 1835-36, 2 vol. in-12, jolies figures sur acier, mar. n., tr. dor.

8. — ANCIENNE JURISPRUDENCE. Divers ouvrages imprimés en lettres gothiques et plus ou moins incomplets. — 6 vol. differ. formats.

Grand coustumier de Normandie. *Rouen, Nic. Le Roux (vers* 1530), in-fol., goth. (Incomplet du commencement et de plusieurs ff. dans le milieu). — Coutumes des pays d'Anjou et du Mayne. (Fragments). In-fol. — Somme rurale. *Paris, veuve Trepperel et Jeh. Jehannot, s. d.* (*vers* 1520), in-4, vél. bl. — Edit du roy Loys XII sur l'administration de la police. 1499, in-fol., couv. en pap. (Sans titre). — Songe du Vergier. (Fragments). Pet. in-fol., couv. en pap. — Tenures de Littleton. *Londres*, 1599, in-12, cart. (*Manque la moitié du texte du folio 60*).

9. — ANCIENNE POÉSIE ET LITTÉRATURE FRANÇAISE. — Editions en lettres gothiques. — Exemplaires plus ou moins incomplets. — 5 vol. in-4, rel.

Le Labirinthe de Fortune, par Jehan Bouchet. *Poitiers, s. d.* (*vers* 1520), dem.-rel. (*Titre en partie déchiré et incomplet de la fin*). — Vigilles du Roy Charles (par Martial d'Auvergne). *Paris, Ve Jehan Trepperel et Jeh. Jehannot* (*vers* 1520), dem.-rel. (*Incomplet du titre et des feuillets* 33, 34, 82 *et* 89). — Alain Chartier Faits et dits. (Fragments). — 51 arrests d'amour (par Martial d'Auvergne). *Lyon, Oliv. Arnoullet, vers* 1520. (29 *arrêts seulement; incomplet de la fin*), vél. bl. — Octavien de St-Gelais. Epistres d'Ovide. Edition très ancienne, avec fig. sur bois ; exemplaire très grand de marges ; incomplet du titre, du feuillet correspondant et de la fin.

10. — APULÉE. Les Métamorphoses ou l'Asne d'or (trad. par de Montlyard). *Paris*, 1648, pet. in-8, fig. de Briot, mar. citr., fil., tr. dor.

Reliure ancienne doublée de maroq. rouge, avec large dentelle intérieure semée de Dauphins. — Court de marges.

11. — ARETINO (P.). La terza et ultima Parte de Ragionamenti. *S. l., appresso Gio. Andr. del Melograno*, 1589, pet. in-8, couv. en pap.

Troisième partie des *Ragionamenti*. — Rare.

12. — ARRIANI NICOMEDENSIS de Epicteti philosophi, præceptoris sui, dissertationibus libri IV, et nunc primum in lucem editi, Jac. Scheggio, interprete, accessit Epicteti Enchiridion, Angelo Politiano interprete. *Basileæ, J. Oporinus*, 1554, pet. in-4, v. antiq., fil. avec fers en volute sur les bords et fleuron ornementé au centre, tr. dor. et ciselée.

Curieuse reliure du XVIe siècle. — Le coin du haut de l'un des plats a été brisé.

13. — ART DE CHYROMANCE (L') d'excellent et tres exercité et prouué maistre Corvum, utile et nécessaire à tous ceulx qui exerciter vouldront l'art de cirurgie et de medicine..... translate de latin en françoys par Maistre Jehan de Verdellay. *Lugduni, in edib. Jac. Moderni de Pinguento*, pet. in-8, gothique, bordure grav. s. bois sur fond

noir et figures des signes de la main à chaque page, cart.

Livre rare et fort curieux. — Exemplaire grand de marges et bien conservé. — Il y manque malheureusement le cahier C.

14. — ART DE PÉTER (L'), essai théori-physique et méthod., à l'usage des personnes constipées. *En Westphalie, chez Florent Q, rue Pet en gueule, au soufflet*, 1776, in-8, br.

Réimpression. — Exemplaire sur PAPIER DE CHINE, avec double épreuve AVANT LETTRE du frontispice, en noir et en bistre.

15. — ATHALIE, tragédie tirée de l'Ecriture Sainte (par Racine). *Paris, D. Thierry*, 1691, in-4, peau de mout.

EDITION ORIGINALE. — Exemplaire avec la *Croix de St-Cyr* qu'on a coupée, mais dont l'empreinte est encore très visible sur le carton des plats. — Exemplaire grand de marges, mais sans la gravure.

16. — BALZAC (H. de). Œuvres complètes. *Paris, Houssiaux*, 1877, 20 vol. in-8, avec vignettes sur pap. teinté, br.

17. — BENSERADE. Métamorphoses d'Ovide en rondeaux. *Utrecht*, 1714, 2 vol. pet. in-8, fig. à mi-page, couv. en pap.

18. — BIBLE en françois hystoriée. *Lyon, s. d. (vers* 1520), 2 vol. in-fol., goth., avec quantité de figures sur bois, dem.-rel. vél. bl. (*Manque le titre du 1er volume, la fin du 2e et quelques feuillets au milieu des 2 volumes*). — La Bible, trad. par Jacq. Le Fèvre d'Etaples. *Anvers, Mart. l'Empereur*, 1534, in-fol., goth., fig. s. bois, vél. bl. (*Incomplet du titre et des pièces liminaires ; manque le Nouveau Testament tout entier*).

19. — BIBLE DES NOELS (La grande), tant anciens que nouveaux. *Troyes, Jean Garnier, s. d.* — Noëls nouveaux sur la naissance de Jésus-Christ sur les plus beaux airs de ce temps. *Troyes, Ch. Briden*, 1713. — 2 ouvr. en 1 vol. pet. in-8, couv. en pap.

20. — BIBLE DES POËTES (La) de Métamorphoze. *Paris, Anth. Vérard (vers* 1500), pet. in-fol., gothique à 2 col., de 47 lign. par page, fig. s. bois, v. antiq.

Edition très rare. — Manquent 6 feuillets : 113, 120, 125, 180, 181 et 182. — Raccommodages aux premier et dern. feuillets.

21. — BIBLE DES POËTES (La) de Ovide Méthamorphose, translatée de lat. en françoys. *Paris, Philippe le Noir, l'ung des deux relieurs de livres jurez en l'Université de Paris, s. d. (vers* 1530), pet. in-fol., goth., fig. s. bois, dem.-rel. vél. bl.

Exemplaire grand de marges. — Il y manque 6 feuillets : a.IV, a.V, a.VI et à la fin hh.IV, hh.V et hh. VI.

22. — BIBLIOGRAPHIE CORNÉLIENNE, par Em. Picot. *Paris*, 1876, in-8, pap. de Holl., br.

23. — BIBLIOGRAPHIE MOLIÉRESQUE, par Paul Lacroix. *Paris*, 1875, in-8, pap. de Holl., br.

24. — BIBLIOGRAPHIES SPÉCIALES. — 4 vol. in-8, rel. et br.

Bibliographie des journaux, par D.... (Deschiens). *Paris*, 1829, 1 vol., dem.-rel. — Guide de l'amateur de livres à vignettes du XVIIIe siècle, par H. Cohen. *Paris*, 1870, 1 vol., br. — Bibliographie romantique, par Ch. Asselineau. *Paris*, 1872, 1 vol., br. — Bibliographie de Manon Lescaut, par H. Harrisse. *Paris*, 1877, 1 vol., br.

25. — BIBLIOTHÈQUE GOTHIQUE. — Mystères, poésies, chansons, des XVe et XVIe siècles. Réimpressions faites par Baillieu, avec les caractères gothiques du prince d'Essling et publ. de 1868 à 1874. 18 parties en 8 vol. pet. in-8, maroq. rouge, fil., dent. intér., tr. dor. (*Belz-Niédrée*).

EXEMPLAIRE UNIQUE IMPRIMÉ SUR PEAU DE VÉLIN. — On y a joint le prospectus également tiré sur vélin. — Reliure de Chambolle.

26. — BLANCHEMAIN (Prosper). Poésies. *Paris*, 1866-75, 5 vol. in-12, br.

Exemplaire sur PAPIER DE CHINE.

27. — BLANCHEMAIN (Prosp.). A Ronsard, les poètes du XIXe siècle, vers, suiv. d'une étude sur Ronsard. *Au château de Longefont (Nogent-le-Ro-*

trou, imprim. Gouverneur), 1867, in-8, pap. teinté, br.

Tiré à 50 exemplaires seulement et non mis dans le commerce. — *Envoi autogr. signé* de P. BLANCHEMAIN.

28. — BOCACE (Le plaisant livre de noble homme Jehan), poète Florentin, auquel il est traicté des faicts et gestes des illustres et cleres dames. *Paris*, 1538, pet. in-8, goth., v. (*Rel. du temps*).

Manquent 2 feuillets : 113 et 175.

29. — BOCACE, des nobles maleureux. *Paris, Nic. Couteau*, 1538, in-fol., gothique, v.

Manquent 2 feuillets : *aii* et *qqi*.

30. — BONAFFÉ (Edm.). Physiologie du Curieux. *Paris*, 1881, in-8, br.

Exemplaire sur PAPIER DU JAPON.

31. — BON MESNAIGER (Le). Au présent volume des proffitz champestres et ruraulx est traicté du labeur des champs, vignes, jardins, arbres de tous espèces..... la manière de prendre toutes bestes saulvages, poissons et oyseaulx, ledit livre compilé par Pierre Crescens; audit livre est adjousté..... la manière de enter, planter et nourrir tous arbres selon le jugement de Maistre Gorgole de Corne. *Paris*, M.D.XL (1540), in-fol., vél. bl.

Manquent de 172 à la fin, 2 ou 4 feuillets. — Taché à la fin.

32. — BOSSUET. Reluceïl (sic) des oraisons funèbres. *Paris, G. Dupuis*, 1699, in-12, v. br.

Edition originale collective des oraisons funèbres. C'est la même édition que celle portant la date de 1689. Le titre seul a été changé. — Exemplaire grand de marges. Hauteur : 161 millim.

33. — BRUNET. Manuel du libraire et de l'amateur de livres. *Paris*, 1860-1865, 6 tomes, interfoliés de papier blanc réglé, à 2 col. et divisés en 11 vol. gr. in-8, dem.-rel. mar. rouge, coins et garnitures en cuivre, non rogn.

34. — BURTON (Le capitaine). Voyage aux grands lacs de l'Afrique Orientale. *Paris*, 1862, gr. in-8, fig., dem.-rel. mar. r., tr. dor.

35. — COLACIONS DES SAINTS PÈRES (Les) anciens, translat. de grec en lat. par Cassiodores et de lat. en françoys par Maistre Jeh. Golein, de l'ordre des Frères de la Montaigne du Carme. *Paris, Ant. Vérard, s. d.* (*vers* 1500), pet. in-fol., goth., vél. bl.

Edition rare. – Exemplaire fatigué, raccommodé et incomplet.— Manque le feuillet *aiiii* dans les préliminaires et de 122 à 228 du texte.

36. — CALLOTTO RESUSCITATO (Il) oder Neü eingerichtes Zwerchen. *S. l. n. d.* (*vers* 1700), pet. in-4, dem.-rel., dos et coins de mar. bl., fil., doré en tête, ébarbé.

Suite curieuse de 50 planches gravées de types grotesques ou caricatures.— Manquent 5 planches (Nos 3, 14, 26, 45, 46).

37. — CATALOGUE de la bibliothèque dramatique de M. de Soleinne, rédigé par le bibliophile Jacob. *Paris*, 1843-44, 5 vol. in-8, dem.-rel., dos et coins de mar. rouge, tr. marbr.

38. — CATALOGUE illustré des dessins et estampes composant la collection A. F. Didot. *Paris*, 1877, in-4, grand-papier de Hollande, avec 16 planches, br. (*Avec les prix de vente soigneusement notés en marge*). — Livres rares et précieux de la même collection. Vente de juin 1878. Gr. in-8, br. (*Prix*). — Ens. 2 vol.

39. — CATALOGUE DE LIVRES, la plupart avec prix. 21 vol. ou fascicules in-8, br.

Catalogue E. B** (Baudelocque). *Paris*, 1850. (*Avec prix et noms des acquéreurs*). 1 vol. — Catalogues Aimé-Leroy, La Jarrie, Warenghien et autres. *Paris*, 1852-55. En un vol. (*Prix*). — Catalogue du prince d'Essling (romans de chevalerie, poésies gothiques, etc.). *Paris*, 1847. (*Prix*). 1 vol. — Catalogue Lebeuf de Montgermont. *Paris*, 1876. (*Prix et tables*). 1 vol. — Catalogue Pochet-Deroche (Révolution française). *Paris*, 1882. (*Prix et table*). 1 vol. — Estampes et dessins d'Armand Bertin. *Paris*, 1854. 1 vol. — Divers catalogues des ventes Libri. *Paris et Londres*, 1847-62. (*Quelques prix*). 5 vol. — Catalogues Morgand et Fatout. *Paris*, 1876-80, 10 fascicules.

40. — CHAMPAGNE. 4 vues de villes et châteaux par Chastillon, dans des cadres en bois noir.

Le chasteau de Trumilly en Champagne. — La petite bourgade de

Méry-sur-Seine. — Le chasteau et fort de Mareuil. — Le chasteau de Chappes, baronie en Champaigne de la maison d'Aumont.

41. — CHANSONS POPULAIRES. *Paris, Delloye*, 1842, gr. in-8 en livr.

Livraisons 1 à 85.

42. — CHASSANT (A.). Dictionn. des abbréviations latines et françaises du moyen-âge. *Paris*, 1885, in-12, br.

43. — CHASSE (Ouvrages sur la) incomplets. 2 vol. in-4, couv. en pap.

Vénerie de Du Fouilloux, éd. de 1628. (*On y a ajouté le titre et la table de l'édition de Galiot Du Pré*, 1573). — Fauconnerie de Franchières, édit. de 1628, fig. s. bois.

44. — CHRONICA llamada el Triumpho de los nueve mas preciados varones de la Fama en la qual se contiene las grandes proezas y hazanas en armas por ellas hechas, laqual es un dechado de cavalleria, traduz. en nuestro vulgar Castellano por Antonio Rodriguez Portugal. *Alcala de Henares, J. Iniguez de Lequerica*, 1585, pet. in-fol., fig. s. bois, cart.

Quelques taches et raccommodages à la fin.

45. — CHRONIQUES plus ou moins incomplètes. — 3 vol. pet. in-fol., goth., vél. bl.

Mer des Chroniques et Miroir historial, par Rob. Gaguin. 2 éditions différentes. — Annales d'Aquitaine, par Jeh. Bouchet. 1531.

46. — CLAUSSIN (Le chevalier de). Catalogue raisonné de toutes les estampes qui forment l'œuvre de Rembrandt et des princip. pièces de ses élèves. *Paris*, 1824-28, 2 tom. en un vol. in-8, figure, dem.-rel. v. f.

47. — COEFFETEAU, évesque de Marseille. Histoire de Poliarque et d'Argenis, avec le promenoir de la reine à Compiègne. *Paris*, 1628, pet. in-12, couv. en pap.

48. — COLLECTION PATURLE. Catalogue de tableaux modernes, avec eaux-fortes, par Hédouin

et Rajon. *Paris*, 1872, gr. in-8, dem.-rel. mar. bl., doré en tête, non rogné.

49. — COMMINES (Philippe de). Cronique et hystoire, contenant les choses advenues durant le regne du Roy Loys XIe. *Paris*, *Anth. Couteau*, 1525, pet. in-fol , goth., v. f.

Manquent le titre et le feuillet correspondant.

50. — COMMINES (Philippe de). Chronique et hystoire. *Paris*, *Franç. Regnault*, 1539, 2 tom. en 1 vol. pet. in-8, gothique, v.

Manquent 2 feuillets : Bi et correspondant (B, viij) dans la première partie.

51. — COMMINES. Cronicques du roy Charles hvytiesme de ce nom... *Paris, impr. par Jean Réal, pour Pierre Sergent*, 1543, pet. in-8, lettres rondes, couv. en pap.

Cette chronique, qui doit se trouver à la suite des anciennes éditions de Commines, manque dans la plupart des exemplaires.

52. — CONTRACTS DE MARIAGE (Deux), le premier de Henry IIII, d'heureuse mémoire, Roy de France et de Navarre, avec la princesse de Florence (Marie de Médicis), du 25 auril 1600 ; le dernier de Louis XIII, son fils, aussi Roy de France et de Navarre, auec l'Infante d'Espagne (Anne d'Autriche), le 22 aoust 1612. In-8, ou plutôt très petit in-4, maroq. fauve, aux armes de France et de Navarre, avec semis de fleurs de lys sur les plats , les chiffres couronnés d'Henri IV et de Louis XIII sur le dos, les mêmes chiffres répétés sur les plats et alternant avec les fleurs de lys, les H sur l'un des plats et les L sur l'autre, tr. dor. (*Rel. du temps*).

Curieux et intéressant manuscrit en lettres dites de chancellerie. Le titre ci-dessus est calligraphié dans une gravure en passe-partout, aux armes de France et Médicis. En tête on a joint à l'époque même le portrait d'Henri IV par Thomas de Leu et au milieu celui d'Anne d'Autriche gravé par Montcornet.

53. — COPIES of original letters from the army of

general Bonaparte in Egypt, intercepted by the fleet under the command of admiral Nelson. *London*, 1798, in-8, carte, dem.-rel.

Ce volume intéressant contient la correspondance de l'armée d'Egypte interceptée et capturée par la flotte anglaise de l'amiral Nelson. — C'est l'édition originale d'après laquelle M. Lorédan Larchey a fait la curieuse publication intitulée : *Correspondance interceptée de l'armée d'Egypte...* dans la *Bibliothèque originale*.

54. — CORNEILLE (P.). Le Menteur, comédie. *Imprimé à Rouen et se vend à Paris*, 1644, pet. in-4, dem.-rel. v. fauve.

Edition originale. — Les deux derniers feuillets refaits en fac-simile.

55. — CORNEILLE (P.). Andromède, tragédie, représentée avec des machines. *Paris, Ch. de Sercy*, 1651, in-4, couv. en pap.

Edition originale. — Il manque le titre gravé et les six figures de décors.

56. — CORNEILLE. Pièces imprimées par les Elsevier de Leyde avant l'édition collective de Wolfgang. — 4 pièces pet. in-12, cart. ou dem.-rel.

Horace. *Suiv. la copie* (*à la Sphère*). 1645. — Héraclius. *Suiv. la copie* (*à la Sphère*). 1647. — Don Sanche d'Aragon. *Suiv. la copie* (*à la Sphère*). 1650. — Rodogune, princesse des Parthes. *Suiv. la copie* (*à la Sphère*). 1652. — D. Bertran de Cigarral. *Suiv. la copie* (*à la Sphère*). 1652.

57. — CORNEILLE. Pièces imprimées par les Elsevier de Leyde ou autres, avant l'édition collective publ. par Abrah. Wolfgang. — 4 pièces pet. in-12, cart.

Cinna ou la clémence d'Auguste. *Suiv. la copie* (*Leyde, les Elsevier, à la Sphère*). 1656. — Don Sanche d'Aragon, comédie héroïque. *Suiv. la copie* (*Leyde, les Elsevier, à la Sphère*). 1656. — Andromède, tragédie, représentée avec des machines. (*Amst., Ravesteyn*), 1660. — Sertorius, tragédie. (*Amst., les Elsevier, à la Sphère*). 1662.

58. — CORNEILLE (Pierre et Thomas). Théâtre reveu, corrigé et augmenté de diverses pièces nouvelles. *Suivant la copie* (*Amsterdam, Abrah. Wolfgang, au Quærendo*), 1664-78, 10 vol. pet.

in-12, portr. et frontispices gravés, mar. rouge, fil., tr. dor. (*Chambolle-Duru*).

Edition recherchée qui fait partie de la collection des Elsevier. — Bel exemplaire, bien complet. — Quoique l'exemplaire soit de reliure uniforme et paraisse extérieurement de même grandeur, la hauteur des marges n'est cependant pas partout absolument la même, comme presque toujours. Cette légère différence (2 à 3 millim.) porte principalement sur les derniers volumes de Thomas Corneille, qu'il est très difficile de se procurer. — Voici du reste la hauteur exacte de chaque volume : P. CORNEILLE, tome 1er, 133 millim. 1/2 ; tome II, 133 millim. ; tome III, 132 millim. (très léger raccommodage dans le bas du frontispice) ; tome IV, 132 millim. ; tome V (il ne faut ni titre ni frontispice général à ce volume), 133 millim. — THOMAS CORNEILLE, tome 1er, 134 millim. ; tome II, 133 millim. ; tome III, 132 millim. 1/2 ; tome IV, 132 millim. 1/2 ; tome V, 130 millim.

59. — CORROZET (Gilles). Les antiquitez, croniques et singularitez de Paris, augm. par N. B. (Nic. Bonfons). *Paris*, 1586, pet. in-8, couv. en pap.

Le dernier cahier rapporté d'un exemplaire plus court.

60. — CRIS DE PARIS (Les). *Paris, Nicolas Buffet*, 1545. — *Réimprimé à Chartres pour Baillieu, libr. à Paris*, 1872. Pet. in-8, dem.-rel. dos et coins de maroq. r., doré en tête, non rog. (*Belz-Niédrée*).

Exemplaire sur PEAU DE VÉLIN.

61. — CRONICA CRONICARUM. Registre des ans passez et choses dignes de mémoire aduenues puis la création du monde jusques en lan mil cinq cens xxxii. *Paris, Anth. Couteau, pour Galliot du Pré*, 1532, 2 tom. en 1 vol. pet. in-4, goth., v. br.

Manque le titre.

62. — CRONIQUES DE FRANCE (Les) abrégées, avec la génération de Adam et de Eve et de Noé et leurs generations et les villes et citez que fondèrent ceulx qui yssirent d'eulx avec les noms de tous les Roys de France. *Paris, veuve Jehan Trepperel, s. d. (vers 1520)*. Pet. in-4, goth., fig. sur bois, vél. bl. (*Manquent 2 feuillets, a, VII, et a, VIII*). — Les mêmes Chroniques abrégées. Autre édition. *Paris, veuve Jehan Trepperel et Jehan Jehannot*,

s. d. (*vers 1525*). Pet. in-4, goth., fig. sur bois, vél. (*Incomplet du titre*).

63. — CRONIQUE sommairement traictée des faictz héroïques de tous les rois de France. *Lyon, Clém. Baudin*, 1570, pet. in-8, portraits en taille-douce, grav. par Cl. Corneille, graveur lyonnais, couv. en pap. (*Le bord de la marge fatigué par l'humidité*). — Illustrium Ymagines. *Impressum Lugduni, in ædib. Ant. Blanchardi, impensis Joh. Mousnier et Franc. Juste*, 1524, pet. in-8, avec bordures grav. à chaque page et curieuse suite de médaillons gravés sur fond noir, couv. en pap. (*Manquent les feuillets XVIII et XX*).

64. — COUSTUMES du pays et comté du Mayne, publ. par Thibault Baillet, président, et Jehan le Lièvre, conseiller. *On les vend au Mans, chez Denis Gaignot, Macé Vaucelles, Franç. Cocheri, Alex. Chouen et Jehan Rotin, libraires au Mans. Imprimées à Paris*, 1519, pet. in-8, v. m.

Edition rare. — Le titre refait en fac-simile. — A la fin divers actes du XVIe siècle, concernant la famille Le Voyer.

65. — CUEUR DE PHILOSOPHIE (Le), translaté de latin en françois à la requeste de Philippes le Bel, roy de France. Imprimé à Paris pour Franç. Regnault. *Ilz se vendent à la rue Sainct-Jaques, à l'enseigne de l'éléphant, devant les Mathurins.* 1529, pet. in-fol., goth., fig. sur bois, vél. bl.

Manquent les feuillets XC, XCII et CXVII.

66. — CURIOSITÉS, ESTAMPES, MANUSCRITS, etc. Divers catalogues de ventes tous avec prix. — 5 vol. et fasc.

Collection Double, objets d'art, tableaux anciens, livres, etc. 1881. — Collection Béhague. Estampes. 1877. — Manuscrits précieux du IXe au XVIIIe siècle ; Bible Mazarine. 1878. — Manuscrits précieux des XIIIe, XVe et XVIe siècles. 1879. — Collection A. F. Didot. Dessins et estampes. 1877.

67. — CYRURGIE PRATIQUE (La) de maistre Alenfranc, docteur, veue et corrigée sur le latin par

honorable homme maistre Guillaume Yvoire, cyrurgien practiquant à Lyon sur le Rosne. *Imprimé à Paris par maistre Pierre le Dru, en l'an de l'incarnation* 1508, pet. in-4, goth. à 2 col., vél. bl.

Edition non citée. — Manque le titre.

68. — DANSES DES MORTS. Les simulachres et historiées faces de la mort. *Lyon, soubs l'Escu de Coloigne*, 1538, in-8, fig. sur bois, v. — Simolachri, historie e figure de la Morte. *Lyone, G. Frellon*, 1549, in-8, fig. sur bois, couv. en pap.

Les *Simulachres de la Mort* sont très incomplets et très rognés. — C'est comme on sait la première et précieuse édition française des figures d'Holbein. — L'édition italienne a le titre refait et il manque en outre 3 feuillets : A, viii, B, iij, et B, vi.

69. — DANSE MACABRE (La grande), des hommes et des femmes. *Paris, Baillieu, s. d.*, in-4, br.

Réimpression faite sur les anciens bois de l'imprimerie Troyenne — Exemplaire sur PAPIER DE CHINE.

70. — DAPHNIS ET CHLOÉ. Amours pastorales. *La Haye, Neaulme*, 1764, pet. in-8, fig., texte encadré. br., non rogné.

71. — DIALOGUE de consolation entre l'âme et raison. *Paris, S. Vostre, s. d.* (*vers* 1510). Pet. in-8, goth., cart. (*Manque le titre*). — Exposition sur ce cantique : Mulierem fortem. *Paris (S. Vostre)*. 1501, pet. in-8, goth., anc. rel. en mar. r., fil. tr. dor. (*Manque le titre et le dern. f. de table*).

72. — DAVILLIER. Histoire des faïences et porcelaines de Moustiers, Marseille et autres fabriques méridionales. *Paris*, 1863, in-8, br.

73. — DÉFENSOIRE DE LA CONCEPTION (Le) de la Vierge (par Pierre Fabri). *Rouan, Martin Morin*, 1514, pet. in-4, gothique, dem.-rel. vél. bl.

Manque le titre ; taches de moisissure et raccommodages à la fin.

74. — DESCRIPTION des hordes et des steppes des Kirghiz-Kazaks ou Kirghiz-Kaïssaks, par A. de Lerchine, trad. du russe par Ferry de Pigny et

publ. par E. Charrière. *Paris, Impr. Roy.*, 1840, gr. in-8 avec 11 planches et une carte, br.

75. — DOCTRINAL DE SAPIENCE (Le), tres utile à toute personne pour le salut de son âme (par Guy de Roye). *Imprimé à Lyon par Cl. Dayne, l'an de grâce mille cccc.lxxxxviii* (1498) *et le x*e *jour d'avril.* Pet. in-4, couv. en pap.

Edition très rare. — Manquent 2 feuillets (I, i et le correspondant I. viii). La lettre L emplit la page du titre dans le genre de celles de Vérard ; elle représente en haut un animal fantastique, au milieu trois têtes d'hommes : une avec barbe, une avec moustaches et une dont l'ornement de la lettre forme casque ; au bas un fou embrassant une femme, un autre animal en bas à gauche, un calvaire au verso. Il ne faut au cahier m final que 4 feuillets, la couture se trouvant devant m.iii.

76. — DU BELLAY (Joachim). Réunion de 9 pièces, la plupart en éditions originales, imprimées à *Paris chez Fed. Morel*, de 1558 à 1569, 9 plaquettes ou fascicules pet. in-4, couv. en pap.

Hymne au Roy sur la prinse de Calais. 1558. — Regretz et autres œuvres. 1558. — Premier livre des antiquités de Rome. 1558. — Deux livres de Virgile. 1561. — Monomachie de David et de Goliath, ensemble plusieurs autres œuvres poétiques. 1560. — Ode sur la naissance du petit duc de Beaumont, fils du duc de Vendôme. 1561. — Défense et illustration de la langue française. 1561. — Elégie sur le trespas de feu Joach. Du Bellay. 1561. — Discours au Roy sur la trefve de l'an 1555. *Paris*, 1569.

77. — DU CAMP (Maxime). Les Convulsions de Paris. *Paris*, 1879, 4 vol. gr. in-8, br.

78. — DU CAMP (Max.). Paris, ses organes, ses fonctions et sa vie, dans la seconde moitié du XIXe siècle. *Paris*, 1879-83, 6 vol. in-12, br.

79. — DUPLESSIS (G.). Les œuvres de Prud'hon à l'Ecole des Beaux-Arts. *Paris*, 1874. — Dern. lettres de Prud'hon à sa fille. *Paris*, 1874. — Ens. 2 broch. gr. in-8.

80. — EDITIONS EN LETTRES GOTHIQUES. Ouvrages divers plus ou moins incomplets. 6 vol. in-fol., vél. bl.

Grant herbier en françoys (avec fig. sur bois). — Chronique de

Commines. *Paris*, 1525. — Boccace. Des Dames de renom. — Orloge des Princes. — Le Bon Mesnager des proufitz champestres. — Œuvres de Virgile translat. en vers françoys. *Paris*, 1532. (*Avec fig. sur bois*).

81. — ERASME. Eloge de la Folie, trad. par Gueudeville. *Amsterd., L'Honoré*, 1727, in-12, fig., couv. en pap.

82. — ELOGE DE LA FOLIE (L'), composé en forme de déclamation par Erasme, trad. par Gueudeville. *Neuchatel, S. Fauche*, 1777, in-8, fig. d'après Holbein, dem.-rel. mar. bl., fil.

82 *bis*. — EPISTRES D'OVIDE (Les XXI), translatées de lat. en françoys par Révér. Père en Dieu Monseign. l'evesque d'Angoulesme (Octavien de St-Gelais). *Paris, Vérard, sans date*, pet. in-4, gothique, fig. s. bois, v., fil.

Incomplet de la fin ; environ 7 feuillets.

83. — EPISTRES (Les) de Monseigneur Sainct Hierosme en françois. *On les vend à Paris, à la rue Neufve Nostre-Dame, à l'enseigne de l'agnus Dei (impr. pour Guill. Eustace)*, 1520, in-fol., gothique vél. bl.

Titre raccommodé, avec déchirure emportant un morceau du haut. — Manque le feuillet 48 (troisième partie) et le feuillet 103 à la fin est incomplet par suite de déchirures ; en tout 8 feuillets manquent ou sont défectueux.

84. — ESTRENES (Les) des filles de Paris. *Chartres (Paris, Baillieu)*, 1872, pet. in-8, gothique, dem.-rel. dos et coins de mar. r., doré en tête, non rogné.

Réimpression sur PEAU DE VÉLIN.

85. — EXPOSICIONS DES ÉPISTRES et Evangiles. *Paris, Jehan Petit*, 1519, 3 vol. pet. in-fol., goth., fig. s. bois, vél. bl.

Le titre du tome 1er, qui manquait, est refait à la main.

86. — FACÉCIES et motz subtilz d'aucuns excellents espritz et tres nobles seigneurs, en françois et italien. A *Lyon, imprimé par Rob. Granjon*, 1560, pet. in-8, couv. en pap.

Volume rare imprimé en caractères de civilité.

87. — FÉNELON. Aventures de Télémaque. *Paris, Jacq. Estienne*, 1717, 2 vol. in-12, fig., couv. en pap.

Première édition complète. — Manque le portrait de Fénelon.

88. — FIEL ET MIEL, poésies avec gravures, par Grandville et Lewicki. *Paris, Paulin*, 1839, gr. in-8, pap. vél., fig. sur chine, br., couv. imprim.

89 — FIGURES SUR BOIS DE L'ÉCOLE ITALIENNE. Epistole de due amanti, composte dala felice memoria di Papa Pio traducte in vulgar. *Venetia, Melch. Sessa*, 1514, grande figure sur bois sur le titre. Pet. in-4, couv. en pap. (Manque le feuillet IV). — ESOPO (Fabule de), historiate. *Vers* 1510. Titre avec bordure sur fond noir et nombreuses figures au trait à mi-page, pet. in-4, v. viol. (*La fin manque*).

90. — FIGURES SUR BOIS (Livres en caractères gothiques avec) plus ou moins incomplets. 6 vol. pet. in-8 et pet. in-4.

Emblêmes d'Alciat, 3 éditions gothiques (1536-39). — Gerson, de ritu spirituali (circa 1500). — Methodii Revelationes. *Basileæ*, 1498. — Memorativæ artis epitome. *Venetiis, Ratdolt*, 1485. (*Alphabet grotesque gravé sur bois*).

91. — FLEURONS ET VIGNETTES des XVIIe et XVIIIe siècles, extraites de livres et réunies en un vol. in-4, mar. rouge, aux armes impériales, tr. dor.

Au commencement on remarque des pièces signées de Choffart, Eisen et Cochin. Deux de ces pièces sont des tirages à part, hors texte.

92. — FOURNIER (Henri). Traité de la typographie, 3e édition. *Tours*, 1870, in-8, br.

93. — FRANÇAIS PEINTS PAR EUX-MÊMES (Les), encyclopédie morale du XIXe siècle, décrite par les sommités littéraires et dessinées par les meilleurs artistes de notre époque. *Paris, Curmer*, 1840-42, 8 vol. gr. in-8, frontisp. et costumes color., nombr. fig. dans le texte, déreliés.

Manquent 8 fig. color. dans les tomes 5, 6 et 7, et un peu de texte dans le tome 8.

94. — FROISSARD. Premier, second, tiers et quart des volumes de Messire Jehan). *Paris, Poncet le Preux et Galiot du Pré*, 1530, 4 vol. in-fol., goth. à 2 col., vél. bl.

Il manque au tome 1er les feuillets 109, 110, 194 et 204; le titre et les prem. feuillets sont mal réenmargés dans le haut. — Au tome 3e, les feuillets 151 à 156 sont remplacés par des feuillets de l'édition de Vérard.

95. — FROISSART (Le premier volume de). *Paris, Anth. Vérard, s. d.* In-fol., gothique, vél. bl. (*Bel exemplaire*).

Sous ce numéro seront vendus par lots plusieurs volumes plus ou moins incomplets des chroniques de *Froissart* et de *Monstrelet* et des *Chroniques de St-Denis*, éditions de Vérard, de Regnault et de Jean Petit.

96. — GARNIER (Rob.). Tragédies. *Lyon, Cl. Frellon*, 1592, in-12, couv. en pap.

La fin complétée d'après un exemplaire plus court.

97. — GÈRE (Jules de). Cinq dizains de sonnets, entrecoupés d'historiettes en vers, et autres rimes. *Paris*, 1875, in-8, br.

Avec envoi autographe signé de l'auteur.

98. — GIROFFLIER AUX DAMES (Le), ensemble le dit des Sibiles (par Bertrand Desmarius de Mazan). (A la fin :) *Cy finist l'espitre de Senecque à Lucile. Imprimé à Paris par Michel Le Noir, s. d.*, pet. in-4, goth., vieille couvert. en parchem.

Réimpression fac-simile tirée sur vieux papier du temps, maculé et enfumé.

99. — GRANT TESTAMENT VILLON et le petit, son codicille, le iargon et les balades, aussi le rondeau que led. Villon fist quant il fust iugié à mort et la requeste quil bailla à Messeigneurs de Parlement et à Monseigneur de Bourbon. *Paris, Jeh. Trepperel*, 1497, pet. in-4, goth., fig. sur bois, dem.-rel.

Edition précieuse, mais l'exemplaire est malheureusement très défectueux. Outre de nombreux raccommodages, emportant quelquefois du texte, les 4 dern. feuillets qui manquaient tout à fait ont été réimprimés en lettres gothiques.

100. — GUYOT (Ant.), prestre curé d'Adompt, estat de la dotation, érection, charges et services de la chapelle, fondée sous le tiltre et invocation de Jésus, Marie, Joseph, en l'église paroissiale de Dommartin-lez-Ville-sur-Illon, avec une déclaration plus expresse des volontés du fondateur. *Toul, Gérard Périn, imprimeur de Monseigneur*, 1662, pet. in-8, couv. en pap.

Livre fort rare. — L'exemplaire est malheureusement atteint de moisissures emportant des fragments de texte aux 6 dern. feuillets.

101. — HAMILTON (Comte Ant.). Œuvres. *Paris, Renouard*, 1812, 3 vol. — Suite des quatre Facardins et de Zénéide, conte d'Hamilton, terminés par de Lévis. *Paris*, 1813, 1 vol. — Ensemble 4 vol. in-8, fig. et port. de Moreau et autres, dem.-rel. v. v., non rogn.

102. — HARDY (Alexandre). Théâtre. *Paris*, 1628-28, 6 vol. in-8, mar. r., fil , tr. dor. (*Reliure ancienne*).

Il est extrêmement difficile de réunir ces 6 volumes du Théâtre de Hardy. L'exemplaire est dans une reliure ancienne en maroquin uniforme, et bien conservé, mais à l'intérieur quelques volumes sont un peu courts, et 2 feuillets des pieces liminaires paraissent manquer au tome V. — Le VIe volume n'est pas tomé sur le titre et est intitulé : *Les chastes et loyales amours de Théagène et Chariclée, réduites du grec de l'histoire d'Héliodore en huit poèmes dramatiques ou de théâtre consécutifs par Alexandre Hardy, Parisien.*

103. — HUGO (Vict.). Han d'Islande. *Paris, Persan*, 1823, 4 vol. in-12, dem.-rel. mar. bl. du Levant, tr. marbr. (*Belz-Niédrée*).

Second roman de Vict. Hugo, publié sous le voile de l'anonyme. — Première édition. — Bonne condition de reliure, mais avec quelques raccommodages.

104. — VICTOR HUGO. Notre-Dame de Paris. *Paris, Eug. Renduel*, 1836, 3 vol. in-8, avec 14 vignettes d'après Tony Johannot, dem.-rel. v. bleu.

Première édition complète de ce chef-d'œuvre de l'Ecole romantique.

105. — ICONOGRAPHIE MOLIÉRESQUE, par Paul

Lacroix (bibliophile Jacob). *Paris*, 1876, in-8, pap. de Holl., br.

106. — ILLUSTRATIONS DE GAULE (Les) et singularitez de Troyes. (Premier, second et tiers livres). *Lyon, Balland* et *Paris, de Marnef*, 1512, pet. in-fol., goth., vél.

Manque le feuillet XII du *tiers livre*. — Quelques déchirures.

107. — ILLUSTRATIONS DE GAULE et singularitez de Troye (Premier, second et tiers livre). *Paris, Nicol. Hicman pour Ambr. Girault* (1529), 3 tomes. — Traicté de la différence des scismes et des Conciles de l'Eglise. *Paris, Ambr. Girault*, 1529. — L'Epistre du Roy à Hector de Troye. *Paris, Ambr. Girault*, 1529. — En un vol. pet. in-fol., gothique, vél. bl.

Exemplaire très grand de marges avec témoins. — Manque le titre de la 3e partie. — Le dernier cahier rapporté d'un exemplaire un peu moins grand.

108. — IMPRESSIONS EN LETTRES GOTHIQUES. — Divers volumes plus ou moins incomplets. 7 vol. et plaq. in-8 et pet. in-4.

Régime de santé. 2 éditions. — Mirabilis liber. (*2 éditions différentes*). — Vie de Jésus-Christ. *Lyon, Oliv. Arnoullet* (*vers* 1510). — Chronique de Ph. de Commines. — Confession de Fr. Lucas de Milan. — Etc.

109. — IMPRESSIONS GOTHIQUES (Diverses) plus ou moins incomplètes. 5 vol. pet. in-8 et pet. in-4.

Libelli duo de Morbo Gallico (Joa. Almenar Hispani et Nic. Leoniceni Vicentini). *Lugduni*, 1539, pet. in-8, couv. en pap. (*Incomplet de la fin*). — Mots dorez de Caton. (*Incomplet du commencement et de la fin*). — Secrets divers. Pet. in-8, gothique. (*Manque la fin*). — Le secret des eaux artificielles, les vertus et propriétez d'icelles. Pet. in-4, gothique. (*Incomplet de la fin*).

110. — JANIN (Jules). La Confession, par l'auteur de l'âne mort et la femme guillotinée. *Paris, Al. Mesnier*, 1830. 2 tom. en un vol. in-12, fig. d'Alfr. Johannot sur Chine, dem.-rel., dos et coins de

maroq. bleu, doré en tête, non rogné. (*Belz-Niédrée*).

Première édition sous le nom de J. Janin. — Quelques très légers raccommodages.

111. — JARDIN DE PLAISANCE (Le) et Fleur de Réthorique, contenant plus. beaulx livres. *Paris, veufve Jehan Trepperel et Jehan Jehannot, s. d.* (*vers* 1520), in-4, dem.-rel. mar. viol.

Court de marges et manque le feuillet 119.

112. — JERUSALEM LIBERTADA, poema heroyco de Torquato Tasso, traduzido en Castellano por J. Sedeno. *Madrid, P. Madrigal*, 1587, pet. in-8, couv. en pap.

Traduction de la Jérusalem délivrée en vers espagnols. — Rare. — Titre doublé et raccommodé.

113. — JEUX DE CARTES. 3 jeux de tarots. — Jeu de cartes de la Musique. — Jeu de cartes égyptien ou d'Etteila. — Jeu de cartes dit casse-tête.

114. — JEU DES ESCHEZ MORALISÉ (Le) nouvellement imprimé à Paris. *Cy finist le livre des eschez et l'ordre de chevalerie translaté de latin en françoys et achevé l'an* 1504 *pour Ant. Vérart, demourant à Paris, à l'imaige Sainct Jehan l'Evangéliste.* Pet. in-fol., goth., fig. s. bois, vél. bl.

Edition rare et recherchée. — L'exemplaire est très grand de marges, mais défectueux. Il y manque les feuillets 79, 80, 81, 82, 83, 84, et les feuillets 101 et 102 sont raccommodés avec emportement de fragments de texte.

115. — LABICHE (Eug.). Théâtre complet, avec préface par Em. Augier. *Paris*, 1885-87, 10 vol. in-12, br.

116. — LA FAYETTE (Mme de). La princesse de Clèves. *Paris, Cl. Barbin*, 1678, 2 tom. en un vol. in-12, v. br.

Edition originale. — 1re et 2e parties seules. — Exemplaire grand de marges. Hauteur : 162 millim.

117. — LA FONTAINE. Fables nouvelles et autres

poésies. *Paris*, 1671, in-12, fig. à mi-page, couv. en pap.

Edition originale.

118. — LA FONTAINE. Fables choisies, mises en vers. *La Haye*, *H. Van Bulderen*, 1688, 4 vol. pet. in-8, fig. à mi-page, couv. en pap.

119. — LA FONTAINE. Contes et nouvelles en vers. *Amsterdam* (*Paris*, *Barbou*), 1762, 2 vol. in-8, portr. et fig. d'Eisen et autres, mar. rouge, fil., large dentelle à pet. fers genre Derome, tr. dor. (*Chambolle-Duru*).

TRÈS BEL EXEMPLAIRE de l'édition dite des FERMIERS-GÉNÉRAUX.

120. — LA FONTAINE. Contes et nouvelles en vers. *S. l.*, 1777, 2 vol. in-8, fig., br., non rogn.

Contrefaçon de l'édition des Fermiers-Généraux. Le frontispice est rapporté d'un autre exemplaire plus court.

121. — LANGUE DE MADAGASCAR (Petit recueil de plus. dictions..... de la), avec quelq. motz de la langue des sauvages du Cap de Bonne-Espérance. *Paris*, 1658, pet. in-8 de 176 pag., couv. en pap.

Le dictionnaire est complet, mais un alphabet qui devrait se trouver à la suite manque.— Le bord de la marge latérale a été en partie atteint par le feu.

122. — LÉCLUSE (H.). Manuel de la langue Basque. *Toulouse et Bayonne*, 1826, in-8, br.

123. — LANCELOT DU LAC (Le premier volume de). *Paris*, 1520, pet. in-fol., gothique, fig. s. bois, vél. bl. (*Bel exemplaire*).

124. — LE SAGE. Histoire de Gil-Blas de Santillane. *Paris*, *Ribou*, 1715, 1724 et 1735, 4 vol. avec fig. — Le Diable Boiteux, édition corrigée, refondue, avec les Entretiens sérieux et comiques des cheminées de Madrid et les Béquilles dudit Diable. *Paris*, 1737, 2 vol. avec fig. — Ensemble 6 vol. in-12, couv. en pap.

Le *Gil Blas* est ainsi composé. Tomes 1 et 2, 1715 (deuxième édit'on' ; Tome III, 1724 (édition originale); Tome IV, 1735. (Edition originale).

125. — LEVAYER DE BOUTIGNY. Tarsis et Zélie. *Paris, Musier*, 1774, 3 vol. in-8, avec fig. et vignettes de Moreau le Jeune, Ponce, Eisen, Masquelier et autres, dem.-rel. chagr. bleu.

Belles épreuves. — Quelques transpositions.

126. — LISDAM (Henry de). Les sainctes inconstances de Léopolde et de Lindarache, où l'on voit une quantité de belles choses, dans la diversité de plusieurs fortunes arrivées dans la Turquie. *Paris*, 1632, in-12, dér.

127. — LIVII (Titi) Historiarum libri ex recens. Gronovii. *Lugd. Batavor., ex offic. Elzeviriana*, 1644-1645, 4 vol. pet. in-12, couv. en pap.

128. — LIVRES A FIGURES DES XVIe ET XVIIe SIÈCLES plus ou moins incomplets. — 6 vol. différ. formats, couv. en pap.

Déclaration du Graphomètre, par Ph. Damfrie. *Paris*, 1597. (*Imprimé en caractères de civilité*), fig. s. cuivre à mi-page, pet. in-4. — Fables d'Esope. *Anvers, Plantin*, 1592, in-16, fig. de Van der Borch en taille-douce, à mi-page. (*Manque le titre*). — Picta poesis. *Lugduni*, 1556, in-16, fig. s bois. — Esope en belle humeur. *Amst.*, 1790, in-12, fig. en taille-douce à mi-page. — Picta poesis. *Lugduni*, 1552, pet. in-8, fig. s. bois. (*Lavé et brûlé par des acides*). — Junii Emblemata. *Ant., Plantin*, 1565, pet. in-8, fig. s. bois. (*Marge atteinte par le feu*).

129. — LIVRES A FIGURES DU XVIIIe SIÈCLE — 4 vol. in-8.

Chansons de la Borde. Tome III, 1 vol., couv. en pap. — Heptaméron, avec fig. de Freudenberg. *Berne*, 1781, tome II, 1 vol., v. éc., fil. — Bible avec figures de Marillier. 1789, 2 vol. rel. en mar. rouge, large dent., tr. dor. (*Reliure ancienne*).

130. — LIVRE DE BAUDOUIN, comte de Flandre et de Ferrant, filz au roy de Portingal qui apres fut conte de Flandre... *Imprimé à Paris par Michel le Noir, demourant sur le pont S. Michel, l'an de grace* 1498. Pet. in-4, gothique, fig. s. bois, v. m., fil.

Edition fort rare et non citée. Il y manque le titre et les feuillets *a, j* et *a, vi*.

131. — LIVRES IMPRIMÉS EN LETTRES GOTHIQUES. — Divers volumes plus ou moins incomplets, divers formats. 6 vol.

Livre de Sydrach. (2 éditions différentes). — Régime de santé. *Paris, à l'escu de France, s. d.* (*vers* 1530). — Traicté des eaues artificielles, avec les vertus et proprietez d'icelles. — Sommaire de toute médecine de Gœurot. — Donatus minor. *Paris, Nicole de la Barre.* — Etc., etc.

132. — LIVRE TULLES (S'ensuyt le) des Offices, c'est-à-dire des opérations humaines vertueuses et honnestes familierement, clerement et selon la vraye sentence et intencion de l'auteur, translaté en françois par David Miffant, gouverneur de la ville de Dieppe..... *Paris, Michel le Noir*, 1509, pet. in-4, gothique, vél. bl.

Exemplaire très grand de marges, avec témoins — Manque un encart *c,iii* et *c,iv*.

133. — LOTTIN. Catalogue chronologique des libraires et des libraires-imprimeurs de Paris, depuis l'an 1470 jusqu'à présent. *Paris*, 1789, in-8, non rogné et interfolié à l'époque même de papier blanc de façon à former 2 vol. in-4, dem.-rel. v. marbr.

Bel exemplaire d'un livre très recherché et devenu rare.

134. — LOUVET DE COUVRAY. Les amours du chevalier de Faublas. *Paris, an VI*, 4 vol. in-8, fig. de Monnet et Marillier, br.

135. — LUCAN, SUETOINE ET SALUSTE en françoys. *Paris, par Pierre le Rouge, Anth. Vérard, s. d. (vers* 1500), pet. in-fol., gothique, vél.

Manquent 3 feuillets : 7, 174 et 175.

136. — LUNETTES DES PRINCES (Les), avec aulcunes balades et addictions nouvellement composées par noble homme Jehan Meschinot, escuier, en son vivant grant maistre d'hostel de la Royne de France. *Paris, Jeh. Trepperel*, 1504, pet. in-4, mar. viol., tr. dor.

Edition très rare. — Deux feuillets (g,v et g,vi) réimprimés en facsimile.

137. — MANON LESCAUT, par l'abbé Prévost, préface par Alex. Dumas fils. *Paris, Glady*, 1875, gr. in-8, pap. de Hollande, fig. de Flameng et autres avant la lettre, br.

138. — MANUEL DE L'AMATEUR D'ESTAMPES, par Ch. Blanc. *Paris*, 1854-57, 9 fascic. gr. in-8 à 2 col., pap. vergé, br.

Tout ce qui a paru.

139. — MARGUERITE DE VALOIS, reine de Navarre. Contes et nouvelles. *Amsterdam, Gallet*, 1708, 2 vol. pet. in-8, frontisp. gravé et fig. d'Harrewyn, couv. en pap.

140. — MAROT (Clém.). Œuvres. *Paris, Gabr. Buon*, 1568, in-16, mar. r., fil., tr. dor. (*Rel. ancienne*).

Titre doublé. — Quelques feuillets un peu courts en tête.

141. — MAROT (Clém.). Œuvres. *Lyon, Jean de Tournes*, 1573, portrait de Clément Marot de forme ovale gravé sur bois sur le titre, in-16, réglé, mar. bl. doublé de maroq. rouge, tr. dor. (*Rel. ancienne*).

Exemplaire dans une très bonne reliure ancienne de Boyet. — Le texte est complet, mais le dernier cahier contenant les *Oraisons* a été suppléé d'une autre édition.

142. — MATHIEU MARAIS. Journal et mémoires sur la Régence et le règne de Louis XV, publ. pour la prem. fois d'après un mss. de la Bibl. Impér. *Paris*, 1863, 4 vol. gr. in-8, br.

143. — MER DES HISTOIRES. — 2 vol. gr. in-fol., goth., fig. s. bois, vél. bl.

Le 1er volume est très incomplet au commencement et à la fin. Le second volume, d'une impression différente du premier, est de l'édition de *Lyon, J. du Pré*, 1491. Il paraît manquer un feuillet après le feuillet 221. Ce second volume est très fatigué, surtout au commencement. Les 2 prem. feuillets sont entièrement noircis.

144. — MÉRIMÉE. Théâtre de Clara Gazul, comédienne espagnole. *Paris, Fournier*, 1830, in-8, dem.-rel. v. antiq.

Première édition.

145. — MERLINO (La vita de), con le sue profetie, nuovam. stampate et historiate. *Venetia, per Venturino de Roffinelli ad instantia di Andr. Pergoletto*, 1539, in-8, figures au trait, v. br., fil. à comp.

Edition rare. — Il y manque malheureusement les pages 121 à 155 et 170. Sur les plats le monogramme H et deux Y ou *Lambdas*, qu'on attribue à un Henry de Lorraine.

146. — MIROIR HYSTORIAL de Vincent (de Beauvais). *Paris, J. Petit, s. d. (vers* 1530), 4 vol. pet. in-fol., goth., vél. bl.

Tomes I, II, III et V. Manque le titre du tome III. — Belles marges.

147. — MOLIÈRE. Œuvres. *Amsterdam, Jacques le Jeune (Amst., Dan. Elsevier, à la Sphère)*, 1679, 5 vol. pet. in-12, dérel.

Hauteur moyenne des volumes : 130 millim. — Toutes les pièces sont de 1679, excepté l'Amour médecin, 1680. — Georges Dandin, 1681. — Sganarelle, 1680. — Psiché, 1675.

148. — MOLIÈRE. Œuvres. *Amsterdam, Jaques le Jeune*, 1684, 5 vol. — Œuvres posthumes. *Amsterdam, Jaq. le Jeune*, 1689, 1 vol. — Ensemble 6 vol. pet. in-12, fig., couv. en pap.

149. — MONSTRELET (Enguerran de). Chroniques ensuyvant Froissart. *Paris, Anth. Vérard, s. d. (vers* 1510), 3 tom. en 2 vol. in-fol., goth., fig. s. bois, rel.

Le tome Ier rel. en veau brun et incomplet des feuillets 164 et 300 à 304. — Les tomes II et III en un seul volume, reliure de la seconde moitié du XVIe siècle, en v. f., fil. et fers à fr., complets et bien conservés.

150. — MONSTRELET (Enguerran de), ensuyvant Froissart : des Croniques de France, d'Angleterre, d'Escoce. *Paris, en la grant rue S. Jaques (marque de Franc. Regnault)*, 1518, 3 vol. in-fol., goth., vél. bl.

Le titre du tome II qui manquait a été remplacé par un titre facsimile de l'édition de Vérard. Le texte qui doit se trouver au verso du titre de l'édition de Regnault manque. — Quelques raccommodages.

151. — MONTMEJA (B. de), et autres divers auteurs,

Poèmes Chrestiens, recueillis et mis en lumière par Philippe de Pas. *S. l.* (*Genève*), 1574, pet. in-8, couv. en pap.

Volume rare. — Les vers de B. de Montméja n'occupent que 51 pages ; le reste du volume contient des poésies de Théod. de Bèze, de Sim. Goulard, de J. Tagault et d'autres poètes protestants qui ont voulu garder l'anonyme ou ne sont désignés que par des initiales. — Il manque les feuillets 13 à 18.

152. — MORISE (Paul). Histoire de l'origine de toutes les Religions qui jusques à présent ont esté au monde. *Paris, Rob. Coulombel*, 1578, in-8, couv. en pap.

153. — MUSÉE DE NAPLES (Les tableaux du) gravés au trait, texte par Franc. Lenormant, de l'Institut. *Paris*, 1868, in-4, fig. s. Chine, dem.-rel. chagr. bleu, tr. dor.

154. — MYSTÈRES en lettres gothiques. Exemplaires plus ou moins incomplets. — 2 vol. in-4 et une plaquette in-4, format d'agenda, cart.

Mystère de la Passion, par Maistre Jehan Michel, joué à Angiers moult triumphantement et dernièrement à Paris. 1531. (*Titre en facsimile et nombreux ff. manuscrits*). — Mystère des Actes des Apostres (par Simon Gréban), dernièrement joué à Bourges (et publié aux frais de Guill. Alabat, bourgeois et marchand de la ville de Bourges). *Paris, Arn. et Ch. les Angeliers*, 1545, 2 tom. en un vol. in-4, gothique, v. br. (*Incomplet du titre et de plus. ff. au milieu et à la fin*). — Le Sacrifice d'Abraham et de Ysaac son filz par personnages. *Paris, veufve feu Jehan Trepperel et Jehan Jehannot, s. d.* (*vers* 1520). (*Fragments composés des 4 dern. feuillets*).

155. — NEF DES PRINCES (La) et des batailles de noblesse, avec aultres enseignemens profitables à toutes manières de gens pour connoistre à bien vivre et mourir dédiqués et envoyées à divers prélats et seigneurs..... par Robert de Balzat, conseiller et chambrelan du roy nostre sire..... item plus le régime d'ung jeune prince et les proverbes des Princes........ composez par Maistre Simphor. Champier, natif de Lionnois. *S. l., ni date* (*Lyon, vers* 1500), pet. in-fol., gothique, de liiij ff. chiffrés, fig. s. bois, dem.-rel. vél. bl.

Edition très rare. — 2 feuillets XLVI et XLVII sont réimprimés en caractères gothiques. — Bien qu'au verso du feuillet liiij, on lise : *Cy finist la Nef des Princes,* le dernier cahier n'a que 7 feuillets et on n'y trouve pas le *Chemin de l'Ospital*, indiqué par Brunet comme faisant partie des petites pièces jointes à la *Nef des Princes*. Il faudrait, d'après Brunet, lxv ff., suivis d'un colophon final daté de *Lyon, Balsarin*, 1502, si toutefois notre édition qui est certainement lyonnaise, quoique paraissant la même, n'est pas antérieure et ne comporte pas le *Chemin de l'Ospital*. Dans cette hypothèse le 7e feuillet manquant du dern. cahier pourrait bien n'être qu'un feuillet entièrement blanc ou portant seulement une marque d'imprimeur.

156. — NICOLE GILLES. Chroniques et Annales de France. Editions de 1531 et 1545. Exemplaires plus ou moins incomplets. — 3 vol. in-fol., cart. et v. br.

157. — NODIER (Ch.). Lord Ruthwen ou les vampires. *Paris*, 1820, 2 tom. en un vol. in-12, dos et coins de mar. bl., tête dor., non rogné.

158. — NOUVEAU MERDIANA (Le), ou Manuel scatologique, par une société de gens sans gêne. *Paris et en tous lieux*, 1870, gr. in-8, mar. rouge, dent. intér., tr. dor. (*Belz-Niédrée*).

Exemplaire unique sur PEAU DE VÉLIN.

159. — ŒUVRE DE CH. JACQUE (L'), catalogue de ses eaux-fortes et pointes sèches, dressé par J.-J. Guiffrey, avec eau-forte inédite. *Paris*, 1866, in-8, figure, br.

160. — ORDONNANCES ET STATUS ROYAULX faitz par les très chrestiens Roys de France. *On les vent à Paris en la rue Neufve Nostre-Dame, à l'enseigne de l'Escu de France* (*par Alain Letrian*). *S. d.* (*vers* 1525), pet. in-4, goth., vél. bl.

Manquent les feuillets LVIII et LX.

161. — PALAIS DE SAN DONATO. Catalogue des objets d'art et d'ameublement, tableaux, vente faite à Florence. *Paris*, 1880, 1 vol. gr. in-8, br. (*Avec les principaux prix*). — Catalogue de la bibliothèque. Vente faite à Florence. *Paris*, 1880, in-fol., fig., br.

162. — PARC AU CERF (Le), ou l'origine de l'af-

freux déficit. *Paris, sur les débris de la Bastille*, 1790, in-8, portr. et fig., v. ant.

Exemplaire bien complet avec les 4 figures, y compris la scène où figure le banquier Peixotte.

163. — PARIS (La ville de), en vers burlesques, conten. les Galanteries du Palais, la Chicane des Plaideurs, les Filouteries du Pont-Neuf, etc., par le Sr Berthaud.— Le Fracas de Paris ou la seconde partie de la ville de Paris, en vers burlesques ; la foire St-Laurent, les Marionnettes, les subtilitez du Pont-Neuf, le pain de Gonnesse, les mauvais lieux qu'on fait vanter, les crieurs d'eau-de-vie, les gobelins, les estrennes, etc. (par Colletet). *Paris*, 1668. — La ville de Paris, conten. le nom de ses rues, de ses fauxbourgs, églises, monastères, collèges, ses places, ponts, portes, fontaines, etc., pour l'usage des étrangers, avocats, huissiers, messagers, facteurs, etc., par le Sr Colletet. *Paris*, 1677. — 3 part. en un vol. pet. in-12, parch.

Manquent les deux dern. feuillets. La liste alphabétique des rues est complète.

164. — PARTHENICE MARIANE (La) de Bapt. Mautuan, poète théologue de l'ordre de N.-D. des Carmes, translaté de lat. en françoys par Jacq. de Mortières. *Lyon, Cl. Nourry et Jeh. Besson*, 1523, pet. in-fol., goth., fig. s. bois, vél. bl.

Livre très rare. — Exemplaire grand de marges, il y manque les ff. 1, 8, 17, 24, 27, 30, 42, 47, 73, 80 et 81.

165. — PASCAL. Lettres escrites à un Provincial par un de ses amis. *S. l.* (1656-57), in-4, couv. en pap.

Edition originale des *Provinciales*.— Lettres I à XVII. — La XVIIIe lettre en manuscrit du temps.

166. — PEIGNOT (G.). Catalogue d'une partie des livres composant la Bibliothèque des ducs de Bourgogne au XVe siècle. *Dijon*, 1841, in-8, br.

167. — PERCEFOREST (La très élégante, délicieuse, melliflue et très plaisante hystoire de), roy de la

Grande Bretaigne. *Paris, Gilles de Gourmont*, 1531, 3 tom. en un vol. in-fol., gothique, v. br. *Aux armes du Dauphin)*.

Tomes I, II et III, très grands de marges, mais le commencement du tome Ier piqué et le titre, ainsi que le premier feuillet de table complété par un exemplaire beaucoup plus court de marges.

168. — PERCEFOREST. (Tomes III, IV, V, VI). *Paris*, 1531-32, 4 tom. en 2 vol. pet. in-fol., v. m., reliure uniforme.

Manque le commencement du tome III ; le feuillet LV recopié en partie à la plume. — Court de marges.

169. — PERCEFOREST. (Tiers et quart volume). *Paris, De Gourmont*, 1531, 2 tom. en un vol. in-fol., gothique, peau de mouton. (*Aux armes de Grammont*).

Exemplaire très grand de marges. — Les 2 prem. ff. du Tome III en partie réenmargés et le dernier feuillet de table du Tome IV raccommodé.

170. — PERCEFOREST. Le quart volume. *Paris*, 1531, in-fol., goth., dem.-rel. bas. viol.

Exemplaire exceptionnel comme marges et dans un parfait état de conservation.

171. — PERCEFOREST. Cinquiesme volume. *Paris*, 1531, in-fol., goth., vél. bl.

172. — PÉTRARQUE. Des remèdes de l'une et l'autre fortune, translaté de lat. en françoys (par Nic. Oresme, chanoine de la Ste Chapelle de Paris). *Imprimé à Paris pour Galiot du Pré*, 1523, in-fol., goth., fig. s. bois, tr. dor.

Bel exemplaire, mais il y manque le titre.

173. — PIETERS (Ch.). Annales de l'imprimerie des Elsevier ou histoire de leur famille et de leurs éditions. *Gand*, 1858, gr. in-8, dem.-rel., dos et coins de mar. r., doré en tête, non rogn.

Exemplaire interfolié, avec quelques notes.

174. — PLAN DE PARIS, commencé en 1734 et terminé en 1739, sous les ordres de Turgot, levé et dessiné par L. Bretez, gravé par Lucas, écrit par Aubin. 20 planches doubles gr. in-fol., v. marbr.,

aux armes de la ville de Paris sur les plats. (*Reliure fatiguée*).

175. — PLUS BEAUX VERS (Nouv. recueil des) mis en chant. *Paris, Cl. Barbin*, 1680, in-12, couv. en pap.

176. — POÉSIES MANUSCRITES DU XVIe SIÈCLE. Le Désespéré, Philon et Damon, entreparleurs. — Discours Chrestien contre les contempteurs de Dieu, de ce temps, avecqu' une briefve remonstrance pour se convertir à son obeissance. Le 27 juin 1583. — 2 pièces contenant 954 vers. — Manuscrit du temps pet. in-4, couv. en pap.

177. — POÉSIES LATINES. — 2 pièces in-4, couv. en pap.

Probe Centone vatis clarissime a D. Hieronymo comprobate Centonam de Fidei nostre mysteriis e Maronis carminibus excerptum opusculum. *Venetiis, Bernardinus Benalius* (*circa* 1510). — Tumulus Henrici II Gallorum regis, per J. Bellaium. *Parisiis, Morel*, 1561.

178. — POÈTES FRANÇAIS incomplets. — 3 vol. pet. in-8.

Faictz et dictz de Jehan Molinot. *Paris*, 1587, pet. in-8, gothique, v. br. — Les Droitz nouveaux de Coquillart. *S. l., n. d.* (*vers* 1520), pet. in-8, couv. en pap. — Le Parement et Triumphe des Dames (en vers et en prose). *Paris, Ve Jehan Trepperel, s. d.*, pet. in-8, gothique. (Manquent 2 ff.).

179. — PORTRAITS d'hommes illustres français, avec leurs éloges. Pet. in-4, mar. rouge, fil., dent. intér., tr. dor. (*Belz-Niédrée*).

Suite complète de 144 petits portraits gravés en taille-douce et attribués à Léonard Gaultier, extraite de la *Chronologie collée* et contrecollée en album sur papier fort. Le texte imprimé est collé au bas de la page, à la suite de chaque série de portraits.

180. — PRIVILÈGE DES LIBRAIRES ET MARCHANDZ DE LIVRES (Le) et comme le Roy Loys XII a déclairé leur privilège et pour monstrer à tous fermiers tant de coustumes que impositions et domaines forains que aultres subsides quelzconques comme ilz sont quictes et exempts de tous péages et tributz comme il ensuit. *Donné à Bloys*

*le IX jour d'apvril, l'an de grâce mil cinq centz et XIII (1513) et de nostre règne le XVI*e. Pièce ou placard in-folio, gothique, de 2 pages à 2 col., montée dans un vol. in-4, v. bl., fil.

Edition originale de ces lettres d'exemption en faveur des *libraires, relieurs, illumineurs et escripvains* de l'Université de Paris.— Pièce de toute rareté, dans un parfait état de conservation.

181. — PSALTERIUM. — Liber Soliloquiorum. — Hymnorium. (In fine Psalterii :) *Hoc presens Psalterium... diligentissime exactum in regali urbe Parisiensi per Johannem Barbier impressorem pro Francisco Regnault*, 1505, XXVI *die Maii*. 3 part. en un vol. pet. in-16, gothique, imprim. en rouge et noir, couv. en pap.

Petit livre liturgique très rare. — Le titre et le premier feuillet de calendrier manquent. — L'imprimeur Jean Barbier alla plus tard s'établir à Londres.

182. — PSAULTIER (Le second volume du). *Paris, P. Le Rouge, s. date (vers* 1495), in-4, goth. à 2 col., dem.-rel. vél. bl.

183. — PSAULTIER DE NOSTRE-DAME (Le), translaté de latin en françoys. *Paris, Jehan Trepperel*, 1501, pet. in-4, gothique, curieuse figure sur bois, dem.-rel. v. f.

Manque le titre.

184. — RABELAIS. Le tiers (et le quart) livre des faits héroïques du noble Pantagruel. *S. l.*, 1553, in-16, v. (*Aux armes de Crémaux d'Entragues*).

Edition rare et fort recherchée. — Les premier et second livres manquent. — Le feuillet 894-895 écorné, la fin de la table manque.

185. — RABELAIS. Œuvres. *Paris, Bastien, an VI*, 3 vol. in-8, fig., dos et coins de mar. rouge, fil., dorés en tête, non rognés.

Bel exemplaire relié par Belz-Niédrée.

186. — RABELAIS. Œuvres, suiv. de remarques de Le Motteux ornées de 76 gravures. *Paris, Bastien, an VI*, 3 vol. in-8, fig., v. jaspé, dent.

187. — RACINE (J.). Réunion de pièces publiées sé-

parément en Hollande, par les Elsevier, Wolfgang ou autres imprimeurs, l'année même où parurent les éditions originales. — 5 vol. pet. in-12, mar. rouge, fil., tr. dor. (*Belz-Niédrée et Chambolle-Duru*).

Bérénice. 1671. — Mithridate. 1673. — Bajazet. 1673. — Iphigénie. 1675. — Phèdre et Hippolyte. 1677.

188. — RACINE. Œuvres. *Suivant la copie* (*Amsterdam, Abr. Wolfgang, au Quærendo*), 1678, 2 vol. pet. in-12, frontispices gravés, mar. rouge, fil., tr. dor. (*Chambolle-Duru*).

Jolie édition qui entre dans la collection des Elsevier.

189. — RACINE. Œuvres. *Suivant la copie* (*Amst., Abrah. Wolfgang, au Quærendo*), 1678, 2 vol. pet. in-12, fig., vél.

Hauteur : 127 et 128 millim.

190. — RACINE. Œuvres. *Suiv. la copie* (*Amst., Wolfgang, au Quærendo*), 1682, 2 vol. pet. in-12, frontisp. grav. et fig., couv. en pap.

Hauteur moyenne de l'exemplaire : 132 millim. — Le titre imprimé de la pièce d'*Alexandre* beaucoup plus court que les autres.

191. — RACINE. Œuvres. *Amsterdam*, *Abrah. Wolfgang*, 1690, 2 vol. pet. in-12, v., fig., v. br.

Edition contenant les pièces d'Esther et d'Athalie.

192. — RANQUET (Gabr.), du Puy-en-Velay. L'Exil de la volupté ou l'histoire de Thaïs, Egyptienne convertie, par Pafnuce. *Lyon, Cl. Morillon*, 1611, in-12, br.

Livre fort rare. — Colletet avait consacré un chapitre à Ranquet dans ses vies des *Poètes Français*, aujourd'hui détruites. Manque un encart, 11 à 16, dans les pièces liminaires, le texte du livre est complet.

193. — RAYNSSANT (O.) de Viezmaison, colonel en la cité. représentation de la noblesse hérétique sur le Théâtre de France, à très noble et très valeureux Messire Franç. de Verton, chevalier, comte de Belyn. *Paris, G. Bichon*, 1591, pet. in-8, couv. en pap.

194. — RÈGLEMENT DE CHARLES LE BELLI-

QUEUX, quatrième duc de Bourgogne, comte de Charolais, de Ponthieu, etc., sur l'élection des chefs, conduite, police, armes, vivres de ses compagnies d'ordonnance, gens d'armes, gens de traitte à pied et à cheval, donné en l'abbaye de St-Maximin-lez-Trèves en 1473. — In-4, dérelié.

Manuscrit sur vélin du xve siècle, d'une belle écriture gothique, comme celle qu'on remarque dans la plupart des mss. de la Bibliothèque des ducs de Bourgogne. Ce beau manuscrit est malheureusement incomplet de 4 feuillets et le premier feuillet avec bordure et miniature est en partie découpé. Il provient en dernier lieu du cabinet de M. Delignières de Bommy, d'Abbeville, qui a mis sur la garde la note suivante : « Nous croyons que ce manuscrit vient de M. François Rumet, auteur des *Chroniques de Ponthieu*. Car voici ce qu'on y lit à l'année 1473 : « J'ai le règlement en 55 articles par lui (le duc de Bourgogne) fait sur l'élection des chefs, conduite, police, armes, vivres de ses compagnies d'ordonnances, gens d'armes, gens de traitte, à pied et à cheval, donné en l'abbaye de St-Maximin de Trèves. J'ai sauvé ce ms. de l'étude d'un notaire d'Abbeville, qui l'avait abandonné à ses clers pour en faire des tirets. Il est fâcheux qu'il ne soit plus entier, mais on peut copier ce qui manque sur l'original, beau ms. à la Bibliothèque du Roy, côté 9846 .. » Vérification faite depuis, le manuscrit 9346 de la Bibliothèque, cité également par le P. Daniel dans son *Histoire de la Milice Française*, aurait disparu depuis 1848. La Bibliothèque des ducs de Bourgogne, à Bruxelles, n'en possède pas non plus d'exemplaire. Le présent ms. serait maintenant le seul connu.

195. — REGNAUT (Ant.), bourgeois de Paris. Discours du voyage d'oultre mer au Sainct Sepulcre de Jérusalem et autres lieux de la Terre Saincte. *Imprimé à Lyon aux despens de l'autheur. Se vend à Paris aux faulxbourgs S.-Jaques, à l'enseigne de la croix de Hiérusalem*, 1573. in-4, nombr. fig. sur bois à mi-page, couv. en pap.

Livre rare et recherché. — Une des figures sur bois (celle du feuillet 268, verso) est signée des initiales A. R. — Quelques figures ont été légèrement coloriées. — La *grande carte des désertz et lieux de la Terre Saincte*, mentionnée à la table, ne s'y trouve pas. Elle manque du reste généralement aux exemplaires.

196. — RELIURE HISTORIQUE. Médaillier en forme de livre pet. in-4, relié en maroq. rouge, dentelle, tr. dor., garni de velours rouge à l'intérieur, *aux armes du pape Benoît XIV*.

Reliure du dix-huitième siècle. — Bon état de conservation.

197. — RESTIF DE LA BRETONNE. L'Année des Dames Nationales, histoire jour par jour d'une femme de France. *Genève et se vend à Paris*, 1784-91, 12 volumes in-12, fig. en taille-douce, couv. en pap.

198. — RESTIF DE LA BRETONNE. Les contemporaines graduées, ou avantures des zolies fammes (*sic*) de l'age actuel, etc., tome 12e ou 42e. (Les fammes des petits théâtres). *Leipsick*, 1785, 1 vol. in-12, figures, br., non rogné. (*Bel exemplaire*).

199. — RESTIF DE LA BRETONNE. Les Nuits de Paris, ou le Spectateur nocturne. *Paris*, 1788, 14 parties en 7 vol. in-12, dem.-rel. dos et coins de mar. r., tête dorée, non rognés.

Tomes I à VII inclus. — Quelques raccommodages.

200. — RESTIF DE LA BRETONNE. Les Posthumes, lettres reçues du mari par la femme qui le croit à Florence. *Paris*, 1802, 4 vol. in-12, dos et coins de maroq. du Lev. poli, dos orné, tête dor., non rognés.

Bel exemplaire relié par Belz-Niédrée.

201. — RESTIF DE LA BRETONNE. Figures du Paysan perverti (il manque les fig. 24, 26, 30, 47, 66). — Figures de la Paysanne pervertie (complet). Ensemble 2 vol. in-12, couv. en pap.

202. — RESTIF DE LA BRETONNE. Bibliographie et iconographie de tous ses ouvrages, par P.-L. Jacob. *Paris*, 1875, in-8, pap. de Holl., br.

203. — RÉVOLUTION. Pièces satiriques du temps. 3 broch. in-8.

La Paillardise ecclésiastique ou les R*** des C***. *S. l.* (*vers* 1790). — Le godmiché royal, suivi du *Meâ Culpâ*. *S. l.*, (1790). — Ode aux bougres. 1789.

204. — ROMMANT DE LA ROZE (Cy est le), où tout l'art d'amours est enclose. *Paris*, *Jehan Petit*, 1531, pet. in-fol., goth., fig. sur bois, vél. bl.

Titre doublé et raccommodé.

205. — ROMAN DE LA ROSE. Diverses éditions gothiques plus ou moins incomplètes. 5 vol. pet. in-fol., in-4 et in-8, rel. vél. bl. et v.

Roman de la Rose moralisé cler et net par Molinet, édition de *Lyon, Balsarin*, 1500. (*Incomplet de la fin*). — Roman de la Rose, édit. de *Paris, Mich. Le Noir*, 1515. — Roman de la Rose, édit. de *Paris, Galiot du Pré*, 1526. — Etc.

206. — RONSARD (P. de). Œuvres, rédigées en dix tomes. *Paris, Gabr. Buon,* 1587, 10 tom. en 6 vol. — Recueil des sonnets, odes, hymnes, élégies et autres pièces retranchées aux éditions précédentes des œuvres de Ronsard. *Paris, Macé*, 1609. — Ensemble 7 vol. pet. in-12, maroq. rouge, tr. dor.

Les tomes V et VI ont les marges beaucoup plus courtes que les autres. — Tous les volumes ont de 139 à 141 millim., tandis que celui-ci n'a que 132 millim. — Les châsses de la couverture ont été néanmoins disposées de la même hauteur, afin de masquer cette différence sensible à l'œil.

207. — RONSARD (P. de). Œuvres inédites, rec. par P. Blanchemain. *Paris*, 1855, in-12, br.

208. — ROYAUMONT. L'histoire du Vieux et du Nouv. Testament. *Bruxelles, Fricx*, 1698, in-12, figures à mi-page, couv. en pap.

209. — SAINT-AMANT. Moyse sauvé, idyle héroïque. *A Leyde, J. Sambix* (*à la Sphère*), 1654, pet. in-12, front. gravé, mar. v. (*Aux armes de Lagondie.*

Véritable Elsevier. — Ex-libris de Berryer à l'intérieur.

210. — SARDOU (Victorien). Pièces diverses, 19 vol. et broch. in-8 et in-12, la plupart en premières éditions et avec envois autographes, br.

La Taverne. 1854. — Les Premières armes de Figaro. 1859. — Les Gens nerveux. 1860. — Les Pattes de Mouche. 1860. — Les Femmes fortes. 1861. — L'Ecureuil. 1861. — Piccolino. 1861. — La Papillonne. 1862. — La Perle noire. 1862. — Les Prés St-Gervais. 1862. — Le Dégel. 1864. — Don-Quichotte. 1864. — Les Diables noirs. 1864. — Les Vieux garçons. 1865. — Nos Bons Villageois. 1867. — Maisonneuve. 1867. — La Haine. 1875, in-8. — Séraphine. 1869, in-8. — Divorçons. 1883, in-8.

211. — SAUVAL. Galanteries des rois de France.

Suivant la copie, 1731, 3 tom. en 2 vol. pet. in-8, frontisp. gravé et fig., couv. en pap.

212. — SENECQUE (Les œuvres de), translatéez de latin en franç. par Maistre Laurens de Presuier. *Imprimées à Paris pour Anth. Vérard marchant, demourant en la rue S. Jaques, près le Petit Pont. S. d.* (*vers* 1500), pet. in-fol., gothique à longues lignes, parch.

Edition très rare. — Manquent 3 feuillets *a i j*, *a v* et *a, v i.*

213. — SILVIO PELLICO. Mes Prisons, suiv. du disc. sur les devoirs des hommes, trad. par Ant. de Latour, avec des chapitres inédits, édition illustrée par Tony Johannot, avec 100 dessins grav. s. bois. *Paris*, 1870, gr. in-8, fig., br., non rog., couvert. imprim.

Exemplaire auquel on a joint une LETTRE AUTOGRAPHE SIGNÉE DE SILVIO PELLICO à Maroncelli (3 pages pleines).

214. — SOCIÉTÉ DES ANCIENS TEXTES (Collection de la). *Paris*, 1875-87, 35 vol. in-8, 1 vol. pet. in-4 et 1 vol. in-fol. d'album ; en tout 36 vol. cart. — Bulletins de la même société. *Paris*, 1875-87, 34 fascic. in-8, br.

Collection bien complète ; l'acquéreur aura droit aux volumes de l'exercice 1887 à paraître. Il sera substitué (sans garanties néanmoins de la part des vendeurs) aux droits du souscripteur pour ladite année.

215. — SOMME RURAL (La), *S. l. n. d.* (*vers* 1500), 2 part. en 1 vol. pet. in-fol., goth. à 2 col. de 44 lignes par page, dem.-rel. v. br.

Edition rare et non citée. La première partie se compose de 12 ff. prélimin. non chiffrés et 184 ff. chiffrés ainsi numérotés : ix**iiii. La deuxième partie s'arrête au feuillet lxxi, coté par erreur lxxij. La fin manque.

216. — SOMME RURALE (La). Liber perutilis in curiis praticantibus cui nomen est Summa Ruralis novissime per egregium virum, magistrum Johann. de Gradibus exornatus. *Paris, Jehan Petit, s. d.* (*vers* 1510), in-fol., goth., vél. bl.

Quoique le titre soit en latin, le texte est en français. Le dernier feuillet manque.

217. — SOMME RURAL (La) tresutille en toutes cours de praticques, procès et manières de playdoiries, reveu et corrigé par tres cientifique et noble personne maistre Jehan des Degrés, compillé par honorable homme maistre Jehan Boutillier. *Imprimée à Paris par la veufve Jehan Trepperel et Jehan Jehannot, libraires. S. d.* (*vers* 1510), in-4, goth. à 2 col., v. br.

218. — SONGES DROLATIQUES (Les) de Pentagruel, où sont conten. plus. figures de l'invention de maistre Franç. Rabelais. *Paris, Tross*, 1869, in-8, fig. sur bois, br.

219. — SPECULUM HEROICUM. Les XXIIII livres d'Homère, réduicts en tables demonstratives figurées, par Crespin de Passe, excellent graveur, chaque livre rédigé avec un argument poétique, par J. Hillaire, s^r^ de la Rivière, Rouennois. *Prostant in officina Crisp. Passœi calcographi et Arnhemiæ*, 1613. Portr. de J. Hillaire, de Rouen, et jolies fig. en taille-douce à mi-page, v. br. (*Volume rare; quelques raccommodages*). — Un autre exemplaire incomplet, mais très beau d'épreuves, couv. en pap. — Ens. 2 vol. pet. in-4.

220. — TABULÆ LODOICÆ seu universa Eclipseon doctrina tabulis, præceptis ac demonstrationibus explicata authore P. Jac. de Billy, Soc. Jesu. *Divione, Palliot*, 1656, in-4, mar. vert, dent., tr. dor.

Belle reliure ancienne, aux armes du duc de Réthelois, plats et dos avec semis de soleils.

221. — TERENTIUS cum directorio, glosa interlineari, commentariis. *Argentinæ, Gruninger*, 1496, in-fol., curieuses figures sur bois, vel.

Edition recherchée : il y manque 2 feuillets : B, i, et b, v. — Raccommodage au bas du titre enlevant un fragment de la gravure.

222. — THÉATRE DU XVIIe SIÈCLE. 3 pièces in-4 et pet. in-12, couv. en pap.

Panthée, tragédie (par Dorval). *Paris*, 1639, in-4. — Le gardien de soi-mesme, par Scarron. *Paris*, 1655, in-12. — L'Escolier de Salamanque ou les Généreux ennemis, par Scarron. *Paris*, 1654.

223. — THÉOLOGIE (Divers ouvrages de), imprimés en lettres gothiques, plus ou moins incomplets. 5 vol. pet. in-4, v. br. ou couv. en pap.

Le grant Ordinaire des Chrestiens. *Paris, J. Trepperel, s. d.* (*vers* 1520). (*Manque le commencement*). — Credo paraphrasé en vers latins. (*Manque* 1 *feuille!*). — Fragment d'un livre d'Heures à l'usage de Paris. Dernier cahier, avec bordures gravées sur bois. Edition de Paris, 1525. — Methodius. *Basileæ*, 1516. (*Avec figures sur bois*). — Regula S. Benedicti (en lat. et en françoys), etc.

224. — THÉOLOGIE (Divers ouvrages de), imprimés en lettres gothiques et plus ou moins incomplets. 5 vol. pet. in-8.

Allumettes du feu divin. — Legenda major B. P. Francisci. *Venundantur Londoniis, in cimiterio S. Pauli.* (*Circa* 1510). — Internelle consolation. *Paris, Yolande Bonhomme*. 1530. — Le Mirouer des Pécheurs. — Estat d'Oraisons. — Etc.

225. — THIERS. Histoire du Consulat et de l'Empire. *Paris*, 1845-1862, 20 vol. in-8, dem.-rel. mar. r., tr. marbr.

226. — THOMAS DE AQUINO (S.). Summa de articulis fidei et ecclesie sacramentis. *Absque nota* (*sed Coloniæ, typis Ulrici Zell, circa* 1470). Pet. in-4, gothique, de 16 feuillets, dont le dernier blanc. — TEGLIATICI (Steph.) Veneti archiepiscopi Patracensis et episc. Torcellani coram Innocent. VIII Pont. Max. in ede Divi Petri pro die Penthecostes oratio habita. Acta Romæ (*Romæ, Euch. Silber, circa* 1492). Pet. in-4, goth. de 6 feuillets. — Ens. 2 pièces couv. en pap.

227. — THRÉSOR DES RÉCRÉATIONS, contenant histoires facetieuses et honnestes, propos plaisans pleins de gaillardises, etc. *Rouen, J. de la Mare*, 1627, pet. in-12, vél.

Déchirure aux feuillets 410, 411.

228. — TRIUMPHES (Les) de messire Fraçoys Pétraque (*sic*), translat. d'italien en françoys. *Paris, Jehan Petit, s. d.* (*vers* 1520), pet. in-fol., titre av.

bordure historiée gravée sur bois et signée de la double croix de Lorraine, fig. s. bois dans le texte, cuir de Russie, dent., tr. dor. (*Rel. anglaise*).

Bel exemplaire, mais il y manque le feuillet 69.

229. — TROIS NAVIGATIONS (Les) admirables, nouvelles et non ouyes, faictes 3 ans continuels par les Hollandois et Zélandois au Septentrion, lesquels ont découvert la mer Vueygatt, la Nouvelle-Zemble, etc., par Gérard de Vera. *Paris*, 1599, pet. in-8, couv. en pap.

Livre très rare. — L'exemplaire est très grand de marges, avec témoins, mais il y manque le titre et le feuillet correspondant, contenant le privilège ou des pièces liminaires. — Le texte du voyage est complet.

230. — VALENTIN ET ORSON (L'ystoire des deux nobles et vaillans chevaliers), filz de l'empereur de Grèce. *Paris, Mich. Le Noir, s. d.* (*vers* 1515), pet. in-4, fig. sur bois, vél.

Titre refait en fac-simile. — Manquent les signatures G, viii, N, i, N, viii et EE, i. — Edition non citée.

231. — VASSELIER. Poésies et contes. *Paris*, 1800, 2 vol. in-18, portr., br.

232. — VIGILLES (Les) du roy Charles, ou est contenu comment il conquist France sur les Angloys, la duchié de Normendie et la duchié de Guienne, et des nobles conquestes et vaillances qui furent faictes. *Paris, par Mich. Le Noir,* 1505, pet. in-4, gothique, vél. bl.

Le titre et les prem. feuillets très fatigués.

233. — VIGO (De) en françoys. La practique et cirurgie de maistre Jehan Vigo, trad. par Nicolas Godin. *Lyon*, 1537, in-8, couv. en pap.

Livre rare que Brunet ne cite que d'après Du Verdier. — *Mouillé et manque le feuillet* 24. — Nous y joignons : Le deuxième (troisième, quatrième, cinquième, sixième, treizième et quatorzième) livre de Galien. *Lyon, Guill. de Guelques* (*imprimé par Jehan Barbou*), 1538-39, pet. in-8, couv. en pap. (*Lavé et court de marges*).

234. — VIGNETTES ET CULS-DE-LAMPE DU XVIIIe SIÈCLE. Environ 75 pièces, épreuves anciennes, réunies en album, ayant pour titre sur le

dos de la reliure : *Album amicorum*. Pet. in-8, mar. rouge, fil., dent., tr. dor. (*Reliure ancienne*).

Joli volume.

235. — VIRGILIUS. *Lugd. Batav., ex officina Elzeviriorum*, 1636, pet. in-12, titre gravé, couv. en pap.

Premier tirage avec les lettres rouges. — Titre remonté. — 122 millim. seulement.

236. — VOYAGE fait par ordre du Roi en 1771 et 1772 en diverses parties de l'Europe, de l'Afrique et de l'Amérique, pour vérifier l'utilité de plus. méthodes et instruments servant à déterminer la latitude et la longitude, suivi de recherches pour rectifier les cartes hydrographiques, par de Verdun de la Crenne, le chevalier de Borda et Pingré. *Paris, Impr. Royale*, 1778, 2 vol. in-4, cartes, mar. rouge, fil., large dentelle à pet. fers sur les plats, tr. dor.

Belle reliure ancienne ; malheureusement on a enlevé les armoiries qui se trouvaient au centre des plats ; le maroquin a été enlevé à la place qu'elles occupaient.

237. — ZÉLOMIR, par Morel de Vindé. *Paris, P. Didot l'aîné*, 1801, in-18, 4 jolies fig. de Lefebvre grav. par Godefroy, v. rac., fil.

SUPPLÉMENT.

ESTAMPES. — AUTOGRAPHES. — BOIS GRAVÉS. — CUIVRES. — ARTICLES OMIS.

238. — ANCIENS ALMANACHS (Fragments d'), trouvés en partie dans d'anciennes couvertures de livres.

La grant Pronostication nouvelle pour l'an mil cinq cens XVIII (1518), composée sur le climat de France par Maistre Guillaume Amours, docteur en médecine de Louvain. 4 pages, pet. in-4, goth. — Emanuel. Almanach pour ceste année mil cinq cens XXIX (1529). 5 ff. pet. in-4.

goth. — Almanach Ebrardi Elz..... de Nurenberg en Allemagne (vers 1520). Placard in-fol. goth., 2 fragments.

239. — ANCIENNES CHANSONS. Fragments. 2 pièces.

Ode dédiée au peuple françois amateur de sa langue pour l'exciter tant plus à l'estude et ornement d'icelle, par un docte poëte françois. Et se chante sur le chant : Beneist soit l'œil brun de Madame, etc. Placard de la fin du XVIe siècle, imprimé à 4 colonnes. (Le bas manque). — Discours en vers sur la rencontre de l'anagramme du parricide François Ravaillac, praticien d'Angoulesme. Placard populaire du temps, précédé de la relation de l'exécution ; au haut une gravure sur bois représentant l'attentat de Ravaillac, signée du monogramme L. G (Léonard Gaultier). Il ne reste que le bas de la gravure. Pièce de toute rareté, trouvée dans la couverture d'un livre.

240. — ANTIQUITÉS grecques et romaines. 27 cuivres gravés, format in-8.

241. — D'ARNAUD (Œuvres de). En-têtes inédits pour la Pauvre Famille ; Histoire japonaise ; Le Retour du proscrit ; La Malédiction ; Une Exécution capitale ; Le Naufrage. 6 cuivres format gr. in-8.

242. — AUTOGRAPHES. Collection d'environ 250 lettres et documents divers. Lettres de Béranger, Désaugiers, Gavarni, la chevalière d'Eon, Ste-Beuve, Mme de Maintenon, Voltaire, etc.

Chaque pièce est placée dans une chemise séparée la plupart du temps avec une analyse.

243. — BIBLIOTHÈQUE GOTHIQUE. 35 bois gravés.

244. — CARTOUCHES du XVIIe siècle. 5 pièces. — Blasons et cartouches en partie coloriés, découpés de cartes et de livres du XVIIe siècle. Lot d'environ 100 pièces.

245. — CHODOWIECKY. 10 pièces avant la lettre et belles épreuves. Pet. in-18, en feuilles.

246. — CHODOWIECKY. Collection d'environ 250 vignettes gravées d'après les dessins de Chodowiecky. — Ces pièces extraites pour la plupart d'almanachs publiés en Allemagne sont montées

ou contre-collées dans un volume de format in-8, dem.-rel. parch.

247. — DANSE MACABRE. 66 bois, la plupart sont les originaux mêmes qui ont été gravés pour l'ancienne édition publiée en 1641 par Garnier, à Troyes.

248. — DON QUICHOTTE, frontispice gravé et 44 sujets gravés par Folkema pour l'édition in-12, six sujets par planche et quatre sujets par planche pour les derniers. — En tout 8 grands cuivres originaux.

249. — EISEN et LEMIRE. 1 vignette et 1 cul-de-lampe gravés par de Longueil, 2 cuivres. — EISEN. Culs-de-lampe, 7 cuivres originaux. — Ensemble 9 cuivres.

250. — EX-LIBRIS. Collection d'environ 1700 pièces presque toutes anciennes. Réunion très curieuse dans un gros registre in-fol., vél. vert.

Le catalogue de cette collection a été dressé sur fiches par son ancien possesseur. Cette nomenclature avec numéros de repère sur le registre où les ex-libris sont fixés, sera livrée à l'acquéreur.

251. — GRAVURES DIVERSES. — Environ 100 pièces.

Le Roué vertueux. 5 pièces à l'aqua-tinta par Le Prince. — Gravures pour Don Quichotte, Télémaque, l'Imitation, Faublas, Rabelais, etc. — Diverses petites pièces extraites d'almanachs allemands de la fin du XVIIIe siècle. — 2 peintures chinoises sur papier de riz. — Etc.

252. — HENRIADE de Voltaire. — 11 cuivres format in-12, gravés d'après Eisen par Le Mire et Aveline.

253. — HEPTAMÉRON de la Reine de Navarre. Collection des figures gravées sur les dessins de Freudenberger pour l'édition de Berne, 1781. — 74 pièces. (Manquent les nouvelles 22 et 39). In-8, en feuilles.

254. — La même suite, tirage sur Chine monté. (Le titre est sur papier blanc et la nouvelle 18 manque).

255. — HISTOIRE DES RICEYS. — 25 bois gravés.

Ces bois ont été exécutés pour une histoire des Riceys, projetée par feu M. Coutant, histoire qui n'a pas paru.

256. — ILLUSTRATIONS DU XIXe SIÈCLE, par Ch. Jacque et autres. 18 pièces in-8, en feuilles.

Titres gravés et illustrations pour Madame Acker, le baron de Groywig, Krespel, Geneviève de Brabant. Le lai des deux amants, etc.

257. — LETTRES ANCIENNES ORNÉES OU FLEURONNÉES, alphabets divers découpés d'anciens livres. — Environ 1400 pièces dans un album et 5 chemises.

258. — LOT DE CUIVRES pour divers ouvrages : Contes de Perrault ; Contes de Robert mon oncle ; la petite guerre ; les petits Métaphysiciens ; Chef de clan écossais ; Alphabet d'animaux. — 14 cuivres divers formats, dont plusieurs sujets sur une même planche.

259. — MARQUES D'IMPRIMEURS, titres, frontispices, etc. Collection factice. Plus de 1900 pièces en partie classées et pour la plupart montées sur papier Bristol. — 5 vol. in-4, dans des portef. ou cartons et 6 paquets.

Collection curieuse. — La partie classée est ainsi disposée : Paris : 803 pièces. — Lyon : 376 pièces. — Diverses villes de France : 135 pièces. — Etranger : 301. — Le reste n'est pas classé.

260. — MERDIANA (Nouveau) et art de péter. — 5 dessins originaux de Chauvet. — Epreuves d'essai des eaux-fortes et des bois.

261. — NOUVEAU MERDIANA, Art de péter, Chézonomie de Rémard. 29 bois et 1 cliché. — Eaux-fortes de Chauvet et autres. 6 cuivres, format in-8.

262. — ŒUVRE GRAVÉE D'ADRIAN VAN OSTADE en 51 pièces. (Manque la pièce N° 34). Epreuves anciennes montées sur papier Bristol. — Dans un portefeuille in-fol.

On y a joint un catalogue manuscrit sur fiches donnant la description et l'état de chaque pièce, ainsi que l'indication de sa hauteur et de sa largeur.

263. — PORTRAITS anciens et modernes de littérateurs et d'hommes célèbres. — Collection d'environ 400 pièces, différ. formats, dans un carton. — Chaque partie est classée dans une chemise spéciale.

264. — PORTRAITS. Portrait de Perrault, avec ses contes en entourage. — Portr. de François de Neufchâteau, par Casanove, d'après une peinture d'Isabey, gravé par Laugier. — Trois petits portraits au physionotrace. — Ensemble 5 cuivres.

265. — PORTRAITS DES PEINTRES flamands et hollandais par Eisen et Ficquet, extraits des Vies des Peintres, par Decamps. 180 cuivres originaux. — Voyage pittoresque de Decamps. 5 sujets et une carte gravés sur deux grandes planches de cuivre. — Portraits de Van Dyck, de Rembrandt, de Gérard Dow, de Raphael et du Poussin. 5 cuivres de format in-8. — Ensemble 190 cuivres.

266. — PRUDHON. — La leçon de botanique, pièce gravée d'après un dessin original de Prudhon et sous sa direction. — Cuivre original et inédit de format in-8.

Cette planche est AVANT LETTRE. Elle a été gravée pour un ouvrage qui n'a pas paru. Elle est par conséquent inédite. — C'est à peine s'il a été tiré quelques épreuves d'essai. — Le dessin original signé de Prudhon se trouve dans la collection des tableaux et curiosités de M. B**, qui sera dispersée aux enchères après la vente de ses livres. — D'après une note de M. B***, il aurait payé 500 fr. cette planche qu'il considérait comme *très précieuse*.

267. — RESTIF DE LA BRETONNE. Gravures pour les Contemporaines, les Françaises, le Paysan et la Paysanne pervertis, les Avantures d'un homme de 45 ans. — Environ 250 pièces.

268. — TARSIS ET ZÉLIE. Suite des 26 vignettes d'Eisen et autres. — Tirage à part sur grand papier de Hollande. In-4, en feuilles.

269. — TARSIS ET ZÉLIE. 3 fleurons pour titres, 3 frontispices et 20 vignettes d'après Eisen, Cochin

et Moreau, gravés en 1773 par Née, Massard, Ponce, Longueil, Masquelier, Helman et Gaucher. Ensemble 27 cuivres originaux.

270. — VIGNETTES DU XVIIIe SIÈCLE, par Eisen, Marillier et autres. Lot de 60 pièces, tirages à part sur Hollande (quelques pièces en double), plus un lot de 12 pièces (culs-de-lampe et vignettes) découpées de livres. — En tout environ 70 pièces. 34

271. — Sous ce Numéro il sera vendu plusieurs lots d'estampes, facsimilés, papiers divers, nombreux Elzévirs latins et français incomplets, très fort lot des diverses éditions des pièces de Corneille, de Molière et de Racine, publiées par les Elzevirs, Wolfgang, Schelte, Wetstein, etc..., diverses éditions très anciennes de Clément Marot, quantité de livres rares des XVe, XVIe et XVIIe siècles, plus ou moins incomplets, des livres en petit nombre dont la *Manon Lescaut*, publiée par Glady (exemplaires à 100 fr. le volume); quelques lots de bons livres complets en tous genres, etc., etc.....

FIN.

CONDITIONS DE LA VENTE

La vente a lieu au comptant. Les acquéreurs payeront 5 % en sus des enchères, suivant l'usage, applicables aux frais de vente.

Il y aura exposition de 2 h. 1/2 à 4 h. 1/2 de l'après-midi, chaque jour de vente, des livres qui seront vendus à la vacation du soir.

Tout le monde étant à même d'examiner les livres avant la vente, il ne sera repris aucun article pour défectuosités quelconques. Les défauts sont du reste indiqués et les livres incomplets sont soigneusement signalés.

Une fois la vente terminée, nous n'accepterons le retour d'aucun article pour quelque cause que ce puisse être.

Les personnes qui nous enverraient des commissions pour cette vente, devront accepter les livres tels qu'ils se trouvent et comportent ; les articles des ventes publiques n'étant sujets ni à examen ni à retour.

Le paiement devra nous en être effectué à bref délai et en dehors de tout autre compte : faute de se conformer à ces conditions, nous disposerons sans autre avis sur les retardataires, en ajoutant à notre mandat les frais de recouvrement.

ORDRE DES VACATIONS

Vendredi 28 octobre.

Nos 1 à 170.

Samedi 29 octobre.

Nos 171 à la fin. — **Livres en lots.**

DOLE. — TYP. CH. BLIND.

RED. :

14

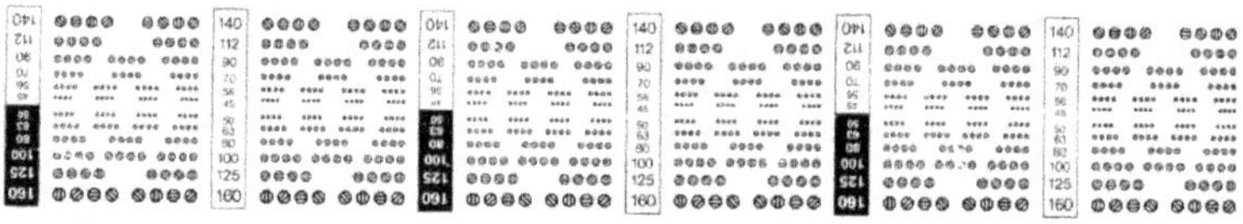

www.ingramcontent.com/pod-product-compliance
Ingram Content Group UK Ltd.
Pitfield, Milton Keynes, MK11 3LW, UK
UKHW021008180726
13838UKWH00003B/1490